「ヴァン様ー？
何か仰いましたかー？」
カムシン
アルテ

「遊具は子供用だから遊んじゃダメだよ。十八歳までね」
ティル
ヴァン

「ありがとう、兄さん。ちょうど、城主になれる人を探していたんだ」
「え？　城主？……まさか、あの城のかい？」
《ムルシア》

5

赤池宗 illustration 転

Sou Akaike

お気楽領主の楽しい領地防衛

okiraku ryousyu no tanoshii ryouchibouei

～生産系魔術で名もなき村を最強の城塞都市に～

Contents

★
Fun territory defense by the
OPTIMISTIC LORD
★

序章 ★ 最強の城塞都市建造計画

こんにちは。皆のアイドル、ヴァン君です。

いつ戦場になるか分からない激戦区でミサイルでも撃ち込まれたような有様の要塞を復興し、尚《なお》且《か》つ攻め込まれても自力で防衛しろと言われました。知らない人が聞いたら新しい形の拷問か何かだと思うレベルである。

しかし、今の僕はこれまででも最高クラスのやる気に満ちている。恐らく遠くからでも目に宿る炎が明々と見えることだろう。

なにせ、もう食べることは出来ないだろうと諦めかけていたカレーライスやふわふわスポンジのケーキ、ラーメンなどを口にすることが出来るかもしれないのだ。その為《ため》には、素材や調味料が豊富である中央大陸との交易をすることが重要である。ついては、その玄関口であるイェリネッタ王国を打倒することが必須となる。

美味《おい》しい物を食べたい。その想《おも》いがあれば僕は最強である。

「よし！　まずは材料集めだ！　皆、崩れた城壁をそれぞれの場所に集めて！」

「はい！」

指示を出すと、セアト村騎士団の面々がそれぞれ部隊ごとに分かれて作業に入る。他の騎士団も

一部が残り、依頼を受けて働いてくれている。

気を使うのは大半が僕よりも爵位が上という点だ。年齢も上だし、本当なら僕がお願いをしたところで取り合ってもらえないような相手である。

まぁ、例えるなら起業したばかりの小さな会社の社長が、大手企業の社長に指示を出して働いてもらうようなものである。並みの度胸では耐えられないだろう。

ただし、今の僕には陛下の威光が燦々《さんさん》と輝いている。この威光ビームで貴族達《たち》を扱《こ》き使うしかあるまい。事態は急を要するのだ。

「あの、ピニン子爵……大変申し訳ないのですが、北側の壊れかけの城門を修復したいので、木材と石材、出来たら金属なども集めておいてもらえませんか？」

「む……良かろう。我が騎士団で対応する。いつまでにどれほど必要だ？」

「ありがとうございます！　急ぎになってしまいますが、金属は二頭立ての馬車で四台ほどで、石材は倍は必要なのですが……」

「……承知した。それで、いつまでだ？」

「一週間以内、でしょうか」

「ほ、ほほぅ……？　それは、少々……」

こめかみに青筋が浮かびつつあるスキンヘッドの中年男性を見上げて、両手を振る。

「あ、いえいえ！　もちろん、ピニン子爵お一人にお願いをするわけではありません！　ファリナ子爵にもこれからお願いに伺おうと……」

「ファリナ卿《きょう》か……悪い人選ではないが、もう少し人員を確保した方が良い。私の方で二、三人声を掛けても良いか」

「も、もちろんです。ただ、最終的に誰と一緒に作業をしていただいたか、後でご連絡下さるようお願いいたします。陛下にご報告申し上げなくてはいけないので……」

頭を下げながらそう告げると、ピニン子爵はウッと呻《うめ》いて顎を引いた。

「も、もちろんだ！　言われるまでもない……ところで、後二、三人と言ったが、よく考えたらファリナ子爵も今回は大人数で参加していたな。我ら二つの騎士団で事足りるだろう。一週間と言わず、五日で材料は集めてくるぞ」

「ありがとうございます！」

と、低姿勢かつ、かなりの妥協をしながら貴族達に指示を出していく。気を抜けば楽をしようとする奴《やつ》らである。時間を与えると要塞に残された財を持ち帰ろうとする輩《やから》までいる。

出来るだけ作業場所を限定させて、尚且つ適切な人数で短期間に作業が終わるように管理しなくてはならない。ただお願いをするだけでも気を使うのに、面倒極まりないことだ。

だが、陛下に報告すると告げるだけで、暴れん坊将軍のような貴族も大人しく言うことを聞くようになる。どれだけ陛下が恐れられているかという話だ。

なにしろ、この要塞に残された貴族達は先の戦いにてあまり目立った活躍が出来なかった面々である。せめて、要塞修復を手伝って功績を挙げろという陛下の厚意ともいえた。その厚意を無下にしたら、後が怖いどころの話ではない。

そんな陛下のご威光のお陰で、僕よりも爵位が上の貴族達が懸命に仕事をしてくれている。この機に色々と余分に資材を集めておこう。なにせ、これだけ多くの人員がいるのだ。利用しない手はない。

「ヴァン様、悪い顔をしていますよ？」

ティルにそう言われて、表情を元に戻す。

「いやいや、別に何も考えてないよ。とりあえず、暇そうにしている貴族の人はもういないかな？ちょっと仕事を頼みたいんだけど」

「……本当、ヴァン様はどこでそんなことを覚えてこられたのでしょう。まるで、様々な修羅場を潜《くぐ》り抜けた大商人のように人を操るのが上手で……」

「人を操るなんて人聞きが悪い。お願い上手と言ってほしいね」

「半ば脅しのような気がしましたが……」

そう言って呆《あき》れたような顔をするティルに苦笑を返し、カムシンに振り返った。

「後は急ぎで直す城壁無かったかな？」

尋ねると、カムシンは手描きの地図を取り出す。

「えっと、後は南東の一面です。それ以外は既に対応中です」

「南東の壁はヒビが入ってるだけだったね。それじゃあ、材料が揃《そろ》ってそうな場所から修復にかかろうか。土の魔術師は集まった？」

カムシンに答えつつ、次はアーブに質問する。それに背筋を伸ばし、アーブが口を開いた。

「はっ！　現在、中央広場に十名集まったとの報告を受けています！　ロウが団員と手分けして探していますが、これ以上は集まらないかもしれません！」

「まぁ、城壁作りに使えそうな人材なんてそんなにいないよね。よし、十人いれば大丈夫だと思うし、城壁の補修に取り掛かろう」

アーブの報告にそんな返事をしていると、斜め後ろで話を聞いていたアルテが「あ」と声を発した。

「うん？　どうかした？」

振り向いて尋ねると、アルテが困ったように微笑《ほほえ》みながら首を左右に振る。

「あ、いえ……今日はお風呂に入れないことに気が付いただけです。申し訳ありません」

と、アルテは深々と頭を下げた。

「忘れてた！　ありがとう、アルテ！」

アルテの言葉に思わず大きな声を出してしまう。要塞復興に残った騎士団が意外にも多く、砦《とりで》はもちろん人数オーバーであり、風呂など入れるわけもない。なにせ、僕が一番爵位が下なのだ。新興貴族でもあるし、その辺りはわきまえなくてはならない。

必然的に、僕が寝泊まりするのはこの廃墟《はいきょ》のような要塞なのである。

「よし！　いますぐ要塞の修復を行う！　いや、建て直しだ！　清潔な新築物件を用意する！　皆、早急に資材集めを頼んだ！　全て木材で良いから、大急ぎで！」

「はっ！」

僕の指示を受け、セアト村騎士団の面々は即座に走り出した。


凄《すご》い勢いで木々を中央広場に運び込んでいるセアト村騎士団の団員を横目に見て、ディーが目を瞬かせる。

「中央広場に木材を運び込んで、何を作るのですかな？　まだ城壁が完成しておりませんぞ？」

と、ディーに聞かれたので、切迫した状況であると伝える。ディーは率先して木材を確保に行っていたため、話の流れを説明しないといけない。

「なんと！　それは大変ですな……！　しかし、城壁作りの方が重要な気がいたしますが……！」

こちらの状況に理解を示しつつも、やはりディーは防衛の観点を外すことが出来ない。当たり前なことだが、魔獣がいるこの世界では安全が第一である。とはいえ、お風呂に入れないのは看過できないのだ。

「そうだね。ディーの言いたいことは分かるけど、今日に関しては生活環境を整えることが優先かな。ちゃんと防衛の設備として砦の上部にバリスタを設置するから安心して」

「むむ、それならば大丈夫でしょうか……装甲馬車《ウオーワゴン》もありますからな！　ならば、建築資材を揃えましょうぞ！」

ディーは僕の方針を聞くと、すぐさま気持ちを切り替えて準備の手伝いへと向かってくれた。素晴らしい限りだ。

走り去っていくディーの後ろ姿を感慨深く見送っていると、カムシンが何かを期待したような顔で口を開いた。

「ヴァン様、かなり素材が集まりましたが、どんな建物を建てるのでしょうか」

そう聞いてきたカムシンの背後にワクワクという文字が見える気がする。何やら新しい建物を期待しているらしい。とはいえ、既に星型要塞や巨大なドワーフの炉、バロック様式の建築物なども建てている。更に悪ふざけにも似たノリで凱旋門《がいせんもん》から陽明門まで建ててしまったのだ。これ以上、何を作れば良いものか。

そんなことを思って記憶を辿《たど》っていると、不意に実際に行ったことのある名所が思い浮かんだ。九州最強の城、熊本城である。他にも大阪城や名古屋城も見たことはあるのだが、最後に行ったのが熊本城であるため、記憶に新しい。

入口辺りで眼鏡を掛けたおじさんに解説をしてもらったのだが、武者返しを備えた石垣は二十メートルにもなり、大小の天守閣だけでなく、巨大な櫓《やぐら》もある。まさに要塞。立地的に堀を作るには時間が掛かるが、最終的には長堀も作って最強の要塞とすることが出来るだろう。

思い立ったが吉日。早速城壁作りで疲労困憊《ひろうこんぱい》状態の土の魔術師を召集する。その間にもセアト村騎士団の面々は材料の収集を続けており、山のように材料が集まっていた。

その石材や木材の前に立ち、若干青い顔をした土の魔術師達の顔を見る。

「えー、初日から物凄く働いてくれた皆様に、まずはお礼を申します。本当にありがとうございます」

一礼してそう告げると、魔術師達は少し驚いた様子を見せた。珍しい貴族だと思われたのだろう。とはいえ、それなりのレベルの四元素魔術師達だから、他の貴族にもそれなりの待遇を受けている筈《はず》だ。その証拠にあまり謙《へりくだ》った態度を取ることはない。

「それでは、最後にもう一仕事ということでこれから山を作ってもらいたいと思います。範囲はこの広場全体です」

笑顔でそう告げると、全員の顔から血の気が引いた気がした。

それから僅か二時間後、広場の中心に石垣が出来上がっていた。ちなみに魔術師達は地面に座り込んでしまっている。流石《さすが》に可哀想《かわいそう》だと思ったので、ティルにバーベキュー大会の準備をお願いしておいた。十分な建材が揃っていたので、セアト村騎士団総出でバーベキュー大会の準備に入る。

「……さて」

そう呟《つぶや》き、巨大ビルのような石垣を見上げた。反り返った石垣は物凄い威圧感を与えている。正面には巨大な鋼鉄の門があり、今は開け放たれていた。

馬車が入れそうな通路が石垣の中に続いていて、石垣の中はウッドブロックによって出来た倉庫となっている。三階建ての倉庫を登ると、屋上が石垣の最上段と同等となっている。後は、石の床を敷き詰めて、更に四方を壁で囲む。もちろん和風な屋根付きの城郭だ。防護用の戸板付き窓もある。

それから中心に出来るだけ大きくなるように一階部分を建設した。最終的に熊本城のような形になるように長方形にしておいた。高さ二十メートルの石垣の上に作っているため、十分周囲を見回す高度は確保しているのだが、まだまだ大きくなる。なにせ、熊本城は地上六階建てだったはずだ。

一階に、駐屯する兵士達の食堂や厨房《ちゆうぼう》、浴場を作り、二階と三階は寝泊まりするための部屋を幾つも用意した。四階にはバリスタを設置したため、予備の矢も作って置いておく。他にも城内に敵が侵入した時のことを考えて階段上から攻撃出来るように槍《やり》を置いてみた。

五階は貴族用の浴室と寝室。六階は僕のための天守閣である。眺めは下を見るのが怖くなるほど良い。イェリネッタ王国側を見下ろすと、街道が線になって先が見えなくなるほど遠くまで見通せる。

「よし！　ギリギリ夜までに間に合ったね！　バーベキュー大会をして今日は寝よう！」

天守閣のテラス部分から振り返り、部屋の中を見回しているアルテ達の顔を見て満足感たっぷりでそう言った。

すると、ティルとカムシンが呆れた顔でこちらを振り向く。

「……流石に驚き疲れました」

「まさか、こんなに個性的な要塞が出来るとは……」

二人がそんな感想を漏らす中、アルテは目を輝かせて部屋の中を見て回り、こちらを振り向いた。

「素晴らしいです、ヴァン様！　私はこのお城が一番好きです！」

「そ、そう？　それは良かった」

アルテの勢いに押されつつ、頷《うなず》いて答える。

何かが物凄くヒットしたのか、アルテは大興奮で城の中を見て回ったのだった。

第一章 ✿ 日本の名城

「えー、今日は皆様、本当にお疲れ様でした！　せめてもの労《ねぎら》いをさせていただきたいと思い、頑張って黒大虎《ダークタイガー》を討伐してきました！　他にも岩大蠍《ロックアラクラン》と多腕大熊《ヘカトンベア》も討伐したので、今日は腹一杯食べて英気を養いましょう！」

　バーベキュー大会開催の挨拶をすると、それを合図にしてディー達《たち》が荷台に大型魔獣を載せた馬車を引っ張ってくる。四頭立ての馬車が四台も入場してくると、流石《さすが》に練度の高い騎士団の団員であっても騒がしくなっていた。

「岩大蠍《ロックアラクラン》……!?」

「いやいや、黒大虎《ダークタイガー》や多腕大熊《ヘカトンベア》も騎士団千人以上で挑むような危険な魔獣だぞ!?」

「しかし、あの硬い岩大蠍《ロックアラクラン》を倒すには火の魔術師がいないと不可能だろう?」

　そんな声がそこかしこから聞こえてくる。正確に人数は数えていないが、やはり何千人という規模を超えてくると物凄《ものすご》く人口密度が上がった気になる。

　まぁ、いくら巨大といえど、要塞の敷地内にこれだけの人数が集まれば実際に人口密度が高くなるのは仕方がないか。何たらドームで一度に五万人が、みたいな話があるが、改めて考えるととんでもない人数である。

そんなことを考えつつ、集まった人々をぐるりと見回した。

前列には貴族と魔術師と騎士団長達、その奥にはそれぞれの小隊長などの指揮官達、更にその奥に一般の兵達が火を囲んで並んでいる。準備に時間が掛かってしまったせいで、今にも生肉に齧《かじ》り付きそうな顔の人が多数見掛けられた。

「……それでは、バーベキュー大会の開催です！　各自、肉を串に刺して焼いて食べましょう！」

そう言って、既に肉の刺さっている串を掲げると、兵士達を中心に大歓声が上がった。やはり我慢の限界だったのだろう。我先にと兵士達が串を持ち、肉を焼き始める。辺りに肉の焼ける良い匂いが漂い始めると、もう齧り付く者も現れた。

「あ、調味料は塩があります！　遠方のため、他の物はあまり準備出来ませんでしたが、塩で味付けをしてくださいねー！」

調味料についてお知らせをしてから、僕も食事を始める。熊の肉は高級ジビエらしいが、中々美味《おい》しい。いや、今日初めて食べたのだが、脂の少ない豚肉に近い感じだ。地球の熊肉とは違うのだろうか。

そんなことを考えながら食べていると、貴族達が素早く蠍《さそり》の肉に群がるのが見えた。

「岩大蠍《ロックアラクラン》は久しぶりだ。卿《けい》はどうかね？」

「いや、お恥ずかしながら、その姿すら初めて見ました」

「なんと、それはそれは……中々の珍味ゆえ、是非食されよ」

と、蠍の肉で盛り上がっている。肉の見た目は海老《えび》や蟹《かに》っぽい感じなので、山の幸と思うと珍しい感じだろう。セアト村近郊で獲《と》れる魔獣と全然違う種類が生息しているのは面白い発見だ。これは海側の魔獣も調査しなくてはならないかもしれない。

「ヴァン様！　蠍のお肉、食べましたか？」

目を輝かせてカムシンが近付いてきた。手には焼けたばかりの岩大蠍《ロックアラクラン》の肉が刺さった串を幾つも握り締めている。どうやら、僕達に食べさせようと思って焼いてきたらしい。その姿にティルやアルテと顔を見合わせて、笑い合う。

「ありがとう。まだ食べてなかったんだ」

「私も、よろしいのですか？」

僕とアルテが返事をすると、少し興奮状態のカムシンがその場で姿勢を低くして串を献上してきた。喜んで受け取り、予想通り蟹に似た味だったことにテンションを上げた。

それからしばらく、バーベキュー大会を楽しんでいたのだが、不意にウルフスブルグ山脈側で兵士達の切迫した声が聞こえてきた。

「ま、魔獣です……！　角大猪《ホーンボア》が群れで崖を降りてきました……！　数は五十ほどとのこと！」

城壁の上から見張りが何か叫び、伝令が青ざめた顔でこちらに報告に来る。他の騎士団の伝令だったが、その内容を聞いた各騎士団の団長は素早く動き始めた。

「セタンタ騎士団！　早急に準備して城壁前に隊列を組め！」

「ピ、ピニン騎士団！　重装仕様にて準備せよ……！」

「ファリナ騎士団！　馬を準備しろ！　魔術師隊は援護の用意！」

それぞれの騎士団が慌ただしく指示を出す中、セアト村騎士団は慣れた様子で各自城壁に走り、幾つか作っておいたバリスタと機械弓の準備を素早く整えていく。そして、バーベキュー会場が疎《まば》らになり、城壁周辺に兵士達が集結する頃には、新たな報告が肉を焼く僕のところまで届いた。

「ヴァ、ヴァン男爵家騎士団により、魔獣の討伐、完了いたしました……！」

伝令が報告に来ると、会場に残っている貴族達が驚愕《きょうがく》に目を見開く。

「ほ、報告は正確にせんか！　角大猪《ホーンボア》だぞ⁉　討伐ではなく撃退であろう！」

「今の報告では、ヴァン卿《きょう》の私兵のみで討伐したようにしか聞こえんぞ⁉」

怒鳴る貴族に恐縮しながらも、伝令は再度深く頭を下げて口を開いた。

「そ、その通りです！　魔獣は全て、ヴァン男爵家の騎士団のみで全て討伐されました！　撃退ではなく、討伐です……！」

再び伝令が報告を行うと、今度こそ貴族達全員が沈黙した。その様子を然《さ》もありなんと思いつつ横目に見て、ティルにお願いをする。

「あ、紅茶をおかわり！」

「はい、すぐにお持ちします」

魔獣の襲撃と討伐。衝撃のクライマックスにより、バーベキュー大会は終了となった。まぁ、殆《ほとん》ど食事が終わる頃だったから良しとしよう。残りは各自翌日の食糧として持ち帰ってもらっているので、兵士達からは喜びの声が聞こえてきたくらいだ。

だが、指揮官以上の騎士達は肉のことなど忘れてこちらに注目した。そして、同時に貴族達もこちらに詰め寄ってくる。

「ヴァン卿……かすり傷だけで大型の魔獣でも倒せるような毒を開発したのか？」

ピニン子爵が唖然《あぜん》とした顔でそう呟《つぶや》いた。その言葉に首を傾《かし》げつつ、紅茶の入ったティーカップをテーブルの上に置く。

「あれ？　あの、てっきり僕の話がそれなりに噂《うわさ》になっているものかと思っていましたが……うわ、もしかして自意識過剰だった!?」

思わず、アルテに確認するように顔を向ける。ヴァン君超有名なんだ、みたいな勘違いをしていたのだとしたら、とてつもなく恥ずかしい。なんてことでしょう。穴があったら入りたい。

赤面しつつアルテの苦笑する様子を見つめる。

すると、ピニンが難しい表情で口を開いた。

「……もちろん、この戦いに召集される以前から噂は聞いていた。大型の竜を討伐したことも聞いている。しかし、前回領内の街を訪れた際に見たドワーフの炉……あれらが理由でのことだと思っていた」

「そうだな。恐ろしいほどの威力の矢を使うとは聞いていたが……所詮、矢は矢でしかない。そう思っていた」

ファリナもピニンの意見に同意するように頷《うなず》き、答える。それらを聞き、僕はホッと胸を撫《な》で下ろす。

「そうですよね。矢で大型の魔獣を討伐出来るなんて思わないですよね。僕も自分のことながらビックリしました」

笑いながらそう同意すると、ピニンもファリナも毒気を抜かれたような顔で目を丸くした。

そして、誰かが噴き出すように笑う。

「ふっ……はっはっはっ！」

その笑い声に釣られるように、他の貴族や騎士団長達までもが笑い出した。

場の空気が一気に緩まり、アルテやティル、カムシンも肩の力を抜く。

ピニン達は、先の戦いで活躍をする場が無かった。つまり、山の中で長く延びた行軍の列の後方に配置され、戦いに加われなかったのだ。

直接、セアト村騎士団の戦い方を見ずにいたことに加えて、セアト村の発展が異常なため、陸下やジャルパが援助しているかもしれないと思っていた部分も影響し、ヴァンという新興貴族に大きな疑念を持っていたようだ。

そのせいもあって、陛下も参加した大きな戦いで最大の功労者相当の扱いを受けている僕に嫉妬していたし、陛下への憤りもそっと胸の内に秘めていたに違いない。

だが、バーベキュー大会の力によるものか、それとも目の前で機械弓やバリスタを扱うセアト村騎士団の実力を知ったからか、ピニン達の態度は目に見えて軟化した。

「いや、最初からヴァン卿は何かが違うと思っておりましたぞ」

「陛下がご指名なさるのにも納得ですな」

「ところで、あの恐ろしい兵器は我輩も買い求めることは……」

昼間とは打って変わって低姿勢になる貴族達。ふははは。可愛《かわい》い奴《やつ》らめ。髭面《ひげづら》の中年ばかりだが、不思議とペットのイグアナくらいには見えてくる。よしよし、好きなだけ肉を食うが良い。

冗談交じりにそんなことを思ってニコニコしていると、ピニンが真剣な目でこちらを見て口を開いた。

「ヴァン卿……正直に言って、これまで私はヴァン卿のことを子供だと侮ってしまっていた。それ故に、あれだけ発展した領内の街を見てもなお、陛下やフェルティオ侯爵殿が手を貸していたに違いないと思い込んでしまっていた……しかし、心の内では分かっていた、理解しておったのだ」

そう呟くと、出来上がったばかりの熊本城を見上げて、ピニンは目を細める。

「こんなものを目の前で一日も掛けずに建てられてしまっては、信じざるを得ないとも言えるがな」

そう言ってピニンが笑いだすと、他の貴族達も釣られるように笑いだした。そこへ、魔獣の討伐に城壁に向かっていたディーが戻ってきて、口を開く。

「わっはっは！　そうでしょうとも！　ヴァン様の最も忠実な部下を自称している私ですら、城壁よりも先に寝泊まりするための建物を建てると聞いて反対をしてしまったのですからな！　まさか、防衛を行うことも考慮してこのような独創的な城を建築するなど思いもしませんでしたぞ！」

ディーはそう言うと、城を見上げて大きく頷いた。

「……ヴァン様は常に民のことを想《おも》い、領地を豊かにしようと努力を続けております。その考え方や、民の安全を守る為《ため》に様々な武器や城壁を研究する勤勉さを知り、パナメラ子爵やフェルディナット伯爵も志を同じくしてくれているのです。いずれは、ヴァン様を中心に同志達が集まり、より巨大な力となることでしょう。出来ることならば、他の地方よりも早くヴァン様の志を知ることとなった皆様方にも、ヴァン様との協力関係を結んでいただきたいと愚考しております」

自身の考えを語って、ディーは力強い笑みを皆に向けた。その笑顔には自信が溢《あふ》れており、未来への希望溢れる台詞《せりふ》と共に戦争で活躍出来ずに燻《くすぶ》る貴族達の心に激しく突き刺さった、ような気がした。

その証拠に、ピニン達は何故《なぜ》か涙ぐみながら感動し、嗚咽《おえつ》まで聞こえてきた。

「……ん？　何の話？」

当事者の筈《はず》なのに展開に取り残された僕は、落涙する貴族達を眺めながら首を傾げたのだった。

バーベキュー大会も楽しみだったが、実は和風な建築物での一泊がとても楽しみだった。畳は上手《うま》く再現できなかったのだが、時代劇で登場するような天守閣や櫓《やぐら》の上からの景色は中々良いと思う。なにより、時代劇の見せ場でよく登場する板張りの長廊下や、襖《ふすま》で区切られた連続する和室といった部屋の再現は満足できる出来である。

早速、兵士達の休憩用に作った和室もどきの襖を幾つも開けながら歩いてみた。襖を両手で開き、次の部屋に行く。正面の襖まで部屋を突っ切って再び襖を開ける。それを何度か繰り返すと、最後はフロアの周りを囲う長廊下に辿《たど》り着く。

「おお、良い感じ！」

この再現度を理解出来るのが元の景色を知っている僕だけなのが悔しい。そう言いたいくらい、素晴らしい日本のお城である。壮大かつ機能美と様式美を併せ持った美しい城。これこそが日本の名城だ。

「……本当に不思議なお城ですね」

「こんなお城、初めて見ました。個性的で見たこともない物がいっぱいあります。それなのに、とても調和が取れていて美しく感じます」

ティルは面白そうに、アルテは感動した様子で城の中を見て回っている。カムシンは階段の急さに驚きながら各階の様子を見ていた。

確かに、階段の角度まで再現しなくても良かっただろうか。

そんなことを思いながら各階の状態を確認していると、恐る恐るといった様子でピニン達が階段を登ってきた。まるで敵地に潜入した諜報員《ちょうほういん》のような慎重さだ。先頭で登ってきたピニンが僕を発見して、ホッとしたように顔を上げる。

「お、おお！　ヴァン卿！　数時間で城が建ったと思ったら、まさかこれほど……」

「うむ……最初は木の板を貼り合わせて作ったのかと思っていたが……」

と、貴族達がキョロキョロしながら襖などを興味深そうに触ったりしている。どうやら、あまりにもすぐに建物が出来上がったため、見せかけだけのハリボテを作ったと思われていたらしい。

まぁ、イェリネッタ王国軍が来た時にブラフで相手の足止めを狙ってのことだとしたら、ハリボテで立派な砦《とりで》があると見せる作戦もありだろう。筋は通っている。

「……こ、この城には我々も泊まって良いので？」

ご機嫌を窺《うかが》うような態度でピニンが聞いてきた。上目遣いが若干気持ち悪いが、それでも低姿勢でお願いするような話し方をしてきているため、優しく対応してやろうという気になる。

僕は笑顔で貴族のおじさん達に頷いてみせた。

「もちろんですよ！　せっかくですから、守りに強いお城を作ろうと思って色々工夫を凝らしてみました。是非泊まって感想をください！」

そう答えると、貴族達は笑顔になった。

「おお！　それはありがたい！」

「確かに、とても面白い造りですな！」

「参考までに、どのような仕掛けがあるのでしょうか？」

ご機嫌さんになった貴族達からそんな声が聞こえてくる。どうやら日本の城の様式美を理解してくれたらしい。何故か妙に嬉《うれ》しくなり、重要な機密もしっかり説明してしまうことにする。日本のお城を好きな人は良い人に違いないからだ。

「このお城は守りに特化しています。高い櫓には全て最新のバリスタを設置する予定ですし、城壁にはこの城の周りと同じように屋上部分に壁を付ける予定にしています。その壁には等間隔に穴を開けて機械弓や火炎瓶などを城壁下に落とせるようにするつもりです。また、もし城内に潜入されても階段を狭く、急勾配にしているため、城内にいる者が上の階から槍《やり》を下方に突き出すだけで簡単には上がってこられないと思います。更に、今後はイェリネッタ王国側の街道に向けて広範囲に影響を与える改良型投石機なども設置を検討しています。これだけあれば、大型の竜と戦っても防衛は可能ですから、イェリネッタ王国軍が再度攻めてきても必ず防ぐことが出来るでしょう！」

熱く熱く、防衛について語る。すると、ピニン達は目を丸くして動きを止めた。もしかして、斬新な城のデザインなのに、防衛に関しては普通だから肩透かしを食らってしまったのだろうか。

これはまずいと、フォローがてら補足説明を加えることにする。

「あ、もちろん長堀を作って四方を囲むつもりですよ。他にも、出来るだけ長い間籠城出来るようにウルフスブルグ山脈側に作った砦とも合体させる予定にしています。そうすれば、勝手に魔獣などが攻めてきて食料も手に入りますからね。坂道の途中にそれぞれ城壁と城門を作っておけば、難攻不落の要塞となります」

そう言ってガッツポーズを見せると、貴族達は目を瞬かせてから再度固まった。しばらくして、ピニンが代表するように口を開く。

「……そ、それは素晴らしい案ですな。とはいえ、かなり大規模な建設計画となろうと思いますが、いつ頃までに完成の予定ですかな？」

苦笑いにも似た不格好な笑みを浮かべて、ピニンが問うてきた。さては、自分達がいつ帰れるか不安になったな。

そう思った僕は、素直に頷いて答える。

「頑張っても、一週間はかかるかと思います。申し訳ありませんが、皆さんの協力が無ければ二週間はかかるでしょう。もう少し、協力していただけますか？」

困った時は低姿勢でお願いする。それが重要である。そう思って腰を低くして頼み込む。それにピニン達は顔を見合わせて口を開いた。

「い、一週間でやると言っておるぞ……」

「想像以上にイカれた力ではないか……」

「……わ、私はもうヴァン卿に恭順すると決めました。お先に……」

「狡《ずる》いぞ!?」

誰かが大きな声で他者を糾弾するようなことを言うと、他の者達も段々と声が大きくなってきた。

ぎゃあぎゃあと騒ぐ貴族達を眺めつつ、アルテに顔を向ける。

「……何人くらい残ってくれるかな?」

そう尋ねると、アルテは苦笑しながら首を傾げる。

「恐らく、全員が喜んで協力してくださるかと……」


イェリネッタ王国の国境を守る要塞の規模を拡大し、ウルフスブルグ山脈の入口の丘までを城壁で囲む。ウルフスブルグ山脈内に足を踏み入れるような構造の建築物はこれまで存在しなかったため、類を見ない大要塞となるだろう。

そんな構想を描いて、期待に胸を膨らませながら朝を迎えた。小さいながらも檜《ひのき》風のお風呂でさっぱりして、魔獣の毛皮を加工して作ったお布団で寝ることが出来たため、とても気分の良い目覚めである。

「天守閣の朝！」

襖と外側の戸板を開けて外廊下へ飛び出る。どうやら思っていた以上に興奮していたらしい。まだ朝日が顔を出して間もない頃といった景色だった。地平線の方は明るくなっているが、目線より上はまだ薄暗く、上にいけばいくほど青が深まっているように見える。

「天守閣からの夜明け！」

言い直してから、僕は腰に手を当てて胸を張り、朝の新鮮な空気を吸い込む。少し冷たい空気に肩を震わせつつ、口を開く。

「絶景かなー！」

テンションマックスで叫んでいると、後ろの方でひそひそと話す声が聞こえてきた。

「……何をしていらっしゃるのでしょう？」

「ヴァン様が自ら周囲の安全を確認してくださったに違いありません」

「え、そうなんですか？　うーん……面白い物を見つけた時のヴァン様にしか見えませんが……」

まだ寝間着を着たままのアルテ、カムシン、ティルが僕のことを話しているようだ。このままではお殿様がご乱心したと思われてしまう。

そう思い、咳払《せきばら》いをしながら振り返った。

「おほん……カムシンの言う通り、敵や魔獣の姿が無いことを確認して、とても平和な景色で良いですねー、という意味のことを口にしました。変な誤解はしないように」

そう説明すると、アルテとティルは苦笑しながら頷き、カムシンは「おお！」と感嘆の声を上げながら目を輝かせる。僕は純粋で素直なカムシンが大好きである。

その後、天守閣内を仕切ったそれぞれの寝室に戻り、さっさと着替えて準備を整える。そして、ちょっと早いけど朝食にしようかなどと話しながら、下の階に移動を始めた。

「階段が急過ぎたかな」

「確かに、少し上り下りが大変ですね」

「……メイドの私としては、食事をお持ちすることを考えたら……」

「え？　でも面白いですよ？」

四人でわいわい話しながら各階を移動していると、騎士達は多くがきちんとした格好でウロついていた。見張りの交代もあるだろうが、やはり何時呼ばれても良いように準備しているのだろう。素晴らしいことである。

騎士がこちらに気が付く度に挨拶をしてくるので、会釈しながら愛想を振りまいておく。

「おはようございます！」

「お、おはようございます！」

僕が丁寧に挨拶すると、殆どの人が面食らったように直立不動になってしまう。準備途中だと迷惑になるかもしれないから、目立たないように長廊下の端っこを移動することにした。

かなり歩いて、ようやく石垣上の外廊下まで辿り着いた。中庭もあるため、そこでは既にどこかの騎士団が武器や防具の手入れなどを行っていた。また、外廊下の壁に沿って歩きながら周囲の見回りをしている者もいる。

各騎士団で役割を決めているのかもしれない。貴族連中はちょっとダメなおじさんっぽい感じだったのだが、その騎士団はしっかりした人が多そうだ。

そんなことを思いながら皆の様子を眺める。

昨晩は、新築の城に泊まれる人数に限りがあったため、城に入れなかった人はウルフスブルグ山脈に作った砦に泊まっていた。一週間もすれば城塞都市らしくなるはずなので、その時には皆が新築の綺麗《きれい》な建物の中で寝泊まりできることだろう。

そこまで考えて、一つの問題に気が付いた。

「あ、そもそも、城塞都市が完成したら殆どが元の領地に帰っちゃうのか」

残るのはセアト村騎士団と一部の冒険者のみである。こちらもある程度出来上がったらセアト村に戻るため、最終的にはこの要塞都市に誰も住まないという状況になってしまうのではないか。

「……あれ？　これって、僕がどうするか決めるんだっけ？」

石垣の上から建築途中の城壁や櫓を見下ろしながら、独り言を呟く。

「何かありましたか？」

どうしたものかと思っていると、アルテが顔を覗《のぞ》き込むようにして口を開いた。

「うん、ちょっとね。この城塞都市、最終的には物凄く大きくなるけど……住む人がいないなって思って」

そう答えると、アルテは目を瞬かせる。

「……そういえば」

「え？　住む人がいないんですか？」

「多分、騎士団も一万人くらい常駐できますよ？」

近くで聞いていたティルとカムシンも驚きの声を上げた。これは、セアト村から有志を募る必要があるのかもしれない。

しかし、物流などは今のところセアト村と比べるのも悲しくなるほど整っていない。何なら調味料すら一週間から二週間かけて届けてもらう必要がある。ここから発注をしてという意味なら、一ヶ月は必要となるだろう。

「……これは、大問題だ」

僕がそう口にすると、アルテ達が深く頷いたのだった。

第二章 ✿ 城塞都市の完成

それから一週間、とりあえず城塞都市は建設しておこうという話になり、急ぎで完成させた。まだウルフスブルグ山脈側への増築は終わっていないが、一先《ひとま》ずは完成として良いだろう。

中心にある城は十分立派なものが出来たし、従来の城壁は復旧した後、上部のみ和風に改築している。更に城壁内側には十の櫓《やぐら》と四の小城まで作った。それぞれを渡り廊下でつなぎ、広い敷地の中を素早く移動できるようにしている。また独立した城が中心に建っており、四階建て相当の高さの櫓や小城も、いざとなったら廊下を遮断して侵入者の進攻を遅延させることが出来るようになっていた。

城門を正面から突破された場合にも備えて、斜め上から機械弓で狙撃出来るようにしている。石垣上からもそうだが、必ず小城を経由しなくてはならないようにしているため、小城や櫓からも矢が降り注ぐ。

まさに鉄壁の守りだ。

完成した城壁を最終確認した後、城門前に立った僕は小城と櫓、そしてその奥に堂々と聳《そび》える石垣上のお城を見上げる。自画自賛だが、迫力ある景色に思わず感動してしまう。

いつまでも眺めていたい気分だが、そうもしていられない。

同じく、城門の前にはディーを始めセアト村騎士団の面々と、今回城塞都市造りに協力してくれた貴族の皆さん、そして各騎士団の騎士団長達《たち》も勢ぞろいしてくれているのだ。

僕は皆の顔を見ながら、口を開いた。

「えー、皆さまのお陰で、予定よりもかなり早く拠点が完成しました！　再度、陛下がこの地を訪れられた時、あの立派なお城を見上げて皆さまのご尽力を一層実感してくださることでしょう！　もちろん、僕の方からも皆さまの素晴らしい働きをご報告させていただきます！　本当にありがとうございました！」

感謝の言葉を述べて、頭を深く下げる。一礼して顔を上げると、あの傲慢だった貴族達が静かに頭を下げてくれていた。

どうした。集団腹痛か。

思わずそんな場違いな冗談が思い浮かぶほど意外な光景だった。驚きながらその様子を眺めていると、順番に頭を上げて、真面目な顔でこちらを見てくる。

「……得難い体験をさせていただいた」

「こちらこそ、謝辞を述べさせてほしい」

「この地は必ず、我が国の最重要拠点の一つとなるだろう」

それぞれが感謝の意が籠《こも》った言葉をくれる。最後にピニンが二重顎を揺らして頷《うなず》き、一歩前に出てきて口を開いた。

「……これまで、我らは戦事であまり功を上げることが出来なかった。だが、この拠点造りは後世に残る大仕事であり、それに携われたことは我らの誇りとなるに違いない。改めて、これだけの大仕事に関わらせてもらえたこと、感謝させてもらう」

と、畏《かしこ》まった態度でピニンがお礼を口にした。どうしたのだ、ピニンよ。拾い喰《ぐ》いでもしたのか。

思わずピニンの正気を疑ってしまうほど驚いた。それが表情に出てしまったのか、ピニンは噴き出すように笑い、腰に手を当てて胸を張る。

「柄にもない、と思いましたかな？　まぁ、正直なところ男爵、しかも子供から指示を受けて動くというのは屈辱と感じていましたからな……しかし、ヴァン卿《きょう》の魔術と出来上がった城を見て、すっかり気持ちが変わりましたぞ。出来ることなら我らもパナメラ子爵同様、同盟を結んでもらいたいと思っております」

ピニンはそう言って歯を見せて笑った。同等の相手と認めてくれたということか。しかも、同盟を結ぼうと提案までしてきてくれた。

これは辺境の極小領地を任された男爵としては、とんでもない好条件の申し出である。

もちろん、僕は喜んで頷いた。

「ありがとうございます！　ただ、パナメラ子爵に確認をしないと勝手に同盟を結ぶことは出来ませんので……」

そう答えると、ピニンは笑って返事をする。

「わっはっは！　本当に子どもとは思えない対応ですな！　まさしく、五分の同盟を結んでいるパナメラ卿を無視するわけにはいきますまい。我らも領地をいつまでも放っておくわけにはいきませんからな。また後日使者を送らせていただこうと思います」

「承知しました。お気遣い、ありがとうございます」

丁寧に返答し、貴族のおじさん達と握手をしてお互いの健闘を称《たた》え合った。そうして、ピニン達はそれぞれの領地へと戻っていく。

ちなみに、帰り道は必ず魔のウルフスブルグ山脈を抜けていく必要があるため、残ってくれた冒険者達とセアト村騎士団から護衛を派遣しておいた。機械弓部隊をアーブが率いて護衛しているため、少数でも十分な戦力となるはずだ。装甲馬車《ウォーワゴン》も二台貸し出しているため、危険は少ないだろう。

「それじゃあ、セアト村に着いたらオルトさん達に依頼を出してね。あと、二ヶ月くらいこの場所で滞在してくれる人を募集するから、エスパーダに準備をするように伝えてくれるかな？」

「はい！　お任せください！」

「あ！　あと、調味料！　調味料と小麦粉！」

「あ、そうですね！　それは絶対に忘れないようにします！」

そんな大雑把なやり取りをして、アーブはピニン達を連れて出立した。

　こうして、広大な城塞都市に残った人数はなんと五百人ほどである。バリスタを使えば守ることは出来るが、長い期間は絶対に無理だ。この城塞都市を無理なく運営するなら、恐らく三千人は常駐してもらわないといけない。

　城壁や櫓に立つ見張りの兵だけでも三交代で各番に百人は必要だろう。最低でも千人いないと休みが無くなってしまう。さらに、いざ攻め込まれた時に即時戦力として投入できるのは二百人から三百人ほどなのだ。とてもではないが、イェリネッタ軍がまた二足飛竜《ワイバーン》や黒色玉を持って攻め込んできたら守り切れる自信は無い。

「……傭兵《ようへい》を長期間雇うのも厳しいよね。どうしようかな」

　人数が足りない。そういうニュアンスで呟《つぶや》くと、ディーが城を見上げながら腕を組んだ。

「そうですな。これだけの規模となると、セアト村から応援をもらうだけでは足りません。セアト村の防衛力が落ちないように考えて采配すると、新たに千人は兵が必要となりますな。確か、セアト村の住人は三千人を超えていたと思いますが、騎士団の数は八百人程度。そこに毎回臨時で冒険者や傭兵を加えて運用しています。ここは、各地で移住希望者を募る必要がありますな」

　と、ディーが意見を述べる。なるほど。気が付けばセアト村騎士団とエスパ騎士団合わせて八百人にもなっていたのか。知らなかった。口にしたら怒られるので神妙に頷いておこう。

　そんなことを考えると、ディーが顎を指でこすりながら口を開いた。

「拠点を守る人員もそうですが、この地を治める代官がおりませんな。防衛だけでなく物資や食料の運用も考える必要がありますから、それなりに領主としての才と知識が肝心でしょう」

「エスパーダかな」

「……いや、それはどうでしょうな。エスパーダ殿は適任ではありますが、ヴァン様が留守をした際にセアト村を維持してもらわねばなりません」

ディーはあっさり僕の回答を否決した。エスパーダはダメだったらしい。とはいえ、他に出来そうな人はディーしかいないが、戦争に呼ばれたら必ずディーを連れていく必要がある。

かといって、アーブとロウではまだ力不足だろう。

「……困ったね。パナメラさんにお願いしようか」

「それは素晴らしい案かと思いますが、半年は掛かるでしょうな」

「半年……それまでは傭兵にお願いする？」

「そうですな……セアト村騎士団から百人と、代官としてエスパーダ殿が一時的に……いや、それでも半年は長過ぎますな」

ディーと一緒にあれやこれやと悩んでいると、ウルフスブルグ山脈側から兵士が一人走ってきた。

セアト村騎士団の団員である。

「ヴァン様！　ムルシア様が私兵五百を連れて到着なさいました！」

「……え？　兄さんが？」

突然の報告に、僕は目を瞬かせて顔を上げたのだった。

「……やぁ、ヴァン。また凄《すご》いものを建てたね」

若干呆《あき》れ顔《がお》のムルシアがお城を見上げながら歩いてきた。ウルフスブルグ山脈側から入る場合、小城二つを通り抜ければ外側を通って城門まで来ることが出来る。それでも二十分は掛かる距離だ。もし全てを攻略して通り抜けようと思ったら騎士団五千人でも難しいだろう。

それを肌で実感したのか、ムルシアは感心したように周囲を見回す。

「独特だけど一番大きなあの城が中心だよね？　普通の要塞の中にも塔を連結してるものはあるけど、こんなに複雑な造りにしている要塞は無いと思うよ。それに、あの城壁の上に城を建てる工法も見たことがないね。兵が隊列を組んで出陣することを考えると難しいけれど、ただ守ることを念頭に置いたらとても優れた要塞だと思うよ」

と、鋭い観察眼を見せてくれる。温厚なムルシアとしては意外だが、どうやら戦事に関しての勘所が良いらしい。もしくは、勤勉さ故に着眼点が良いのだろうか。僕が実際の年齢通りだったなら、初めて見る様式の城をここまで分析出来なかったと思う。

ダディの評価が低いだけで、やはりムルシアはとても優秀だなと思いつつ、頷いて返事をした。

「そうでしょ？　ところで、今日はどうしたんですか？」

ざっくばらんなノリで質問してみると、ムルシアは乾いた笑い声を上げながら片手で自分の首の辺りを掻《か》くような動作をした。

「……なんとも複雑なんだけどね。父上からヴァンの手助けをするように命じられたんだ」

「え？　都市建築のですか？」

ムルシアの言葉に驚いて聞き返す。すると、複雑な表情を浮かべた後、首を左右に振った。

「いや、言い方を間違えたね……私は、どうやら当主候補から落ちてしまったらしい。陛下からの御《お》言葉《ことば》があったということだけど、実際はどうか分からないからね。目的も期間も無く、ただヴァンの力になることを指示されただけだよ」

自嘲気味に笑い、ムルシアは溜《た》め息《いき》を吐《つ》く。どうやら、僕と一緒で侯爵家から追い出されてしまったらしい。当主になるために努力を重ねてきたムルシアとしては突然目標を見失ってしまったようなものだろう。どれほど悲しく、悔しい気持ちになっているのか、想像も出来ない。

挙句に、末弟の補佐を命じられたのだ。自尊心が深く傷ついていても無理はないと思う。

なんと声を掛けて良いか分からない僕に、ムルシアはハッとした顔になって苦笑した。

「いや、ヴァンを責めているわけじゃないよ。ヴァンは凄い才能を持っていて、努力もしたんだと思う。だから、どうせならヴァンの下《もと》で色々と経験したり学んだりしたいと思っているんだ」

「ムルシア兄さん……」

まるで聖人のような台詞《せりふ》を口にして微笑《ほほえ》むムルシアに、思わず眩《まぶ》しいものを見るように目を細めてしまう。なんてことだ。僕なら確実にダディへの恨《うら》み辛《つら》みを怨嗟《えんさ》の如《ごと》く吐き出しているだろう。元々、家族の中で唯一優しくしてくれていた兄である。これは、兄孝行をする機会だと思わねばなるまい。

そう決意して、僕はムルシアを真剣な目で見上げた。

「……ありがとう、兄さん。ちょうど、城主になれる人を探していたんだ」

「え？　城主？」

僕の言葉に、ムルシアが首を傾《かし》げる。そして、石垣の上に聳える和風の城を見上げて、目を瞬かせた。

「……まさか、あの城のかい？」

ムルシアが城を指差して頬を引き攣《つ》らせながら振り返る。それに笑顔で頷き、今後の構想を説明することにした。

「そうです！　今、セアト村の騎士団から交代要員が向かっています。しばらくは行商人の行き来くらいしかできませんが、すぐに新たな住人や冒険者がこの城塞都市に住むことになるでしょう。現在も行ってますが、騎士団の増員が十分に出来たら、すぐにこの地の人口は二千人を超えることとなります。その後は、この城塞都市を起点としてイェリネッタ王国の領土を奪い取っていく予定です。ムルシア兄さんには、その総大将としてムルシア騎士団を設立してもらいたいと思っています！」

「む、ムルシア騎士団!?」

将来の展望を口にすると、ムルシアは目を見開いて驚いた。いやいや、ただ代官をさせるなどあり得ない。我が領地は人材不足である。

そんなことを思いながら、僕はムルシアを説得すべく口を開く。

「はい。ムルシア兄さんは領地を守るための内政だけでなく、騎士団を運用し、戦闘をする為《ため》の訓練もされていると思います。そこには戦いの場で活躍してきたフェルティオ侯爵家の知識と経験も含まれていますから、防衛を主とする城塞都市には最適だと思っています。ムルシア兄さんにはこの地を足掛かりとして、いずれは自らの家を興してもらいたいと……！」

「えぇ!?　わ、私が独立するということかい？　いや、そんな能力は私には……」

「何故《なぜ》、そんな謙遜をするんですか！　僕は常々、父上よりもムルシア兄さんの方が優れた当主になれると思っていましたよ」

「そ、そうかなぁ……そんなことはないと思うけど……」

困ったように笑っているが、ムルシアも内心は嬉《うれ》しそうだ。よし、このまま兄上孝行をさせてもらうとしよう。この城塞都市を、難攻不落の拠点にするのだ。

「さぁ、ムルシア兄さんの伝説はここから始まるんだよ！」

「で、伝説って……？」

納得したかはさておき、ムルシアは僕の話を聞くべく夕食を共にしてくれることになった。

「なんだかんだで、兄さんと二人で食事をするのは初めてですよね」

「あ、そ、そうだね……それにしても、場所が……ちょっと凄すぎる気がするけど」

複雑な表情でそう言いながら、ムルシアは天守閣の外に視線を移した。夕焼け空は美しく、稜線《りょうせん》の縁は鮮やかなオレンジ色の線となっている。高い城の上から見ているため、眼下も広く赤く染まっており、手前の城壁の上は等間隔に灯《あか》りがあり、景色にささやかな彩りを加えていた。

控えめに言っても絶景である。

「すごく良い景色ですよね」

「……そ、そうだね。それは間違いないよ」

と、何故か恋人同士のような会話になってしまった。変な空気になっていると次の料理を持ったティルが来てしまう。さっさと本題に入ろう。

そう思い、ムルシアに顔を向ける。板張りとはいえ和室で座布団に座り、丸い大きなちゃぶ台を囲んでおり、個人的にはとても落ち着ける空間となっていた。まぁ、ムルシアは落ち着かないかもしれないが、住んでいれば慣れるだろう。

「ムルシア兄さんが力になってくれるなら、改めて今後の計画を話したいと思います。この城の城主になってくれますか?」

そう告げると、ムルシアはウッと息を呑《の》んで背筋を伸ばした。しばらく動かずにこちらを見ていたが、やがて観念したように口を開く。

「……もちろん、ヴァンの補佐を命じられているからね。ただ、僕の出来る範囲で頼むよ?」

そう言って、ムルシアは苦笑する。消極的ながら助力を了承してもらえたようだ。僕は安心して今後の計画について内容を明かすことにする。

「ありがとう、兄さん! じゃあ、まずは一年間、この城塞都市を守ってほしいんです! その後は戦力が整い次第、イェリネッタ王国の領土を奪い取っていく予定にしてます! 海の方向へ領土を奪っていって、最後は中央大陸に繋《つな》がる港まで手にします! その時にはムルシア兄さんが最低でも三つの城塞都市の領主になるから、陛下に爵位をいただいて各都市に代官を置いてほしい! なので、今後この城塞都市に来た人達の中から、騎士団長になれる者や代官になれる者をそれぞれ六名から十名くらい選んで育ててもらいたいと思っています! 一年間では中々難しいかもしれないけど、出来るだけ適性が高い人材を送るつもりなので、なんとか……」

「ちょ、ちょっと待って! ヴァン! とんでもない計画を大きな声で話しているけれど、大丈夫なの!?」

ムルシアは僕の壮大な行動計画を聞き、目を白黒させてしまった。だが、そんなことで躊躇《ため》らっていては貴重な香辛料や食材は手に入らないのだ。なんとしても中央大陸までの足掛かりを得ねばならない。

「ムルシア兄さん。イェリネッタ王国の領地に食い込んでいけば、いずれは黒色玉も手に入ると思います。そうなったらどんな敵も恐るるに足りません。何の心配もいりませんよ」

真っすぐにムルシアの目を見てそう告げた。それに、ムルシアは驚きに表情を変える。そして、何処《どこ》か悲しそうに目を細めた。

「……凄いね、ヴァン。どうして子供のヴァンがこんなに大きな功績を挙げることが出来たのか、分かった気がするよ」

そう前置きしてから、ムルシアはおもむろに立ち上がる。

「……この見事な城塞都市が、今後私の家になるということだね。この地を守ることが私の使命、か……分かったよ、ヴァン。私の力では少々足りない部分もあるだろうけれど、全力で役目を果たそうと思う」

言いながら、ムルシアは天守閣の外廊下に出て、顔だけ動かして周囲を見た。そして、最後にこちらへ振り向き、口を開く。

「それでは、これからよろしくお願いします。ヴァン男爵」

そう言って微笑むムルシアに、僕は立ち上がって一礼した。

「ありがとうございます！　ムルシア兄さん！」

お礼を言うと、ムルシアは小気味良く笑って肩を揺する。

「立場が反対になっている気がするよ、ヴァン」

「あ、ごめんなさい」

謝りつつ、釣られるようにして僕も笑った。久しぶりに家族の会話をしているようで、嬉しかった。

だが、そんな家族団らんの時間は盛大な奇襲で打ち切りとなってしまう。

「敵だ！　イェリネッタ軍が攻めてきたぞ！」

城壁の上で叫ぶ騎士団の団員の声を聞き、慌てて外廊下に出ているムルシアの隣へ移動する。地上を見ると、火矢が次々に城壁に向けて飛来しているところだった。とはいえ、ヴァン様が丹精込めて修復した最強城壁には火矢など全く効果が無い。後付けした和風な屋根と壁にしっかりと阻まれている。

それよりも、あの目の良いセアト村騎士団の団員が、どうして奇襲に気付かなかったのかが問題だ。もしかして、街道以外でこの拠点まで接近できる道があるのだろうか。

そう思って、すぐに周囲の確認を指示する。

「イェリネッタ軍が何処から来てるか分かるー？」

誰にともなく大声で尋ねた。すると、城壁の上で二、三やりとりが行われ、すぐにそれぞれが行動を開始する。一名ずつが左右に分かれて城壁の上を移動し、ほかの団員は防衛用バリスタに張り付いた。さらに、伝令を聞いた団員達が続々と城壁や櫓に集まってきている。

と、城壁の右側に向かった団員がこちらを振り向いて叫んだ。

「ヴァン様ー！　イェリネッタ軍は林を抜けてきているようです！」

「えー？　こんなに高い場所から見ても分かりづらいのー？」

「はい！　常にそちらを警戒していなければ分からないと思います！」

「なるほどー！　それじゃあ、防衛をお願いしますー！」

「はっ！」

そんな感じで団員と情報共有を行い、改めて城壁の向こうで隊列を組むイェリネッタ軍を見る。

確かに、右側奥の方から続々と兵士が隊列に加わっているようだ。というか、相手の拠点の目の前で隊列を組んでいくというやり方が信じられない。

「……気のせいか、緊張感があまりないような気がするよ。あれだけ多勢の騎士団が攻めてきたら、中々冷静ではいられないと思うけど……」

呆れたような顔でこちらを見るムルシアに、軽く首を左右に振って口を開く。

「いいえ、平静でいようとしているだけですよ。それにしても、前回の敗戦から戻ってくるのが早すぎます。特に、この重要な防衛拠点が奪われたというのに、素早く戻ってくるというのは妙です」

「え？　何故だい？　まさか城壁が修復されているとは思わないだろうし、急ぎで戻ってくるのは当たり前じゃないかな？」

　ムルシアは不思議そうに首を傾げた。それに頷き答える。

「そうですね。考え過ぎかもしれません……しかし、強固な防衛拠点があっという間に陥落したんです。そのうえ、ウルフスブルグ山脈を突破して現れたスクーデリア王国軍が、すぐに反転して帰っているなどとは思わないでしょう。何故、この拠点に僅かな人数しか残っていないと思ったのか？」

「……もしかして」

　僕の推測を先読みしたのか、ムルシアが眉間に皺《しわ》を寄せて息を呑んだ。恐らく、同じ予測に辿《たど》り着いたはずだ。

　そう思って、首肯を返す。

「はい。僕の推測でしかありませんが、スクーデリア王国に内通者がいると思っています」

第三章 ★ 防衛拠点

【ムルシア】

ヴァンが目を細めて「裏切者がいる」と口にした。その表情はとても子供には見えず、背筋に冷たい汗が流れるのを感じてしまう。普段のヴァンは優しく穏やかな性格だというのに、今この瞬間だけは多くの修羅場を潜《くぐ》り抜けた歴戦の猛将を前にしているような感覚を覚えた。

父、ジャルパの血を色濃く受け継いでいるということなのか。それとも、ヴァンが元々持っている気質なのか。どちらにしても、自分にはない戦いの才能を持っているのは間違いない。

「……しかし、イェリネッタ王国と内通するなんて……そんなことをする理由が分からないよ」

何とかそれだけ答えると、ヴァンは苦笑して外を眺めた。

「理由は幾つか思い浮かびますが、どれも推測でしかないですからねぇ。まぁ、とりあえず、内通者がいると推測する根拠は他にもあります。ここ何年もスクーデリア王国が領土を拡《ひろ》げられなかったこと、あとは最初の奇襲をスクーデリア王国側が全く予測出来ていなかったことも気になるところですね」

ヴァンはイェリネッタ王国軍の動向を気にして地上の様子を窺《うかが》いながら、自身の考えを述べる。

何でもないことのように説明してくれたが、その内容は恐るべきものだった。ヴァンの説明を聞いてようやく私の思考も同じ場所まで辿《たど》り着いたような気がしたほどだ。

「……つまり、これまで我が国が領土を広げることが出来なかった理由は、イェリネッタ王国に情報を流す者がいたから、ということか。奇襲を成功させた理由もそうだとすると、その内通者は間違いなくイェリネッタ王国側の、つまりスクーデリア王国東部の貴族の誰かということに……」

言いながら、自らの恐ろしい想像に身を震わせる。大国の一つに数えられるスクーデリア王国とはいえ、国境を守るべき貴族が敵と通じてしまったらどうしようもない。致命的なタイミングで攻められて領土を奪われてしまうだろう。その情報の使い方次第では王都まで進軍される恐れすらある。

だが、ヴァンは曖昧な顔で苦笑した。

「そうですね。ただ、貴族だけを疑うのは危険だと思います」

「え？」

予想外の言葉に生返事をしたその時、城壁の方向から大地を揺らすような激しい轟音《ごうおん》が鳴り響いた。もう何度も聞いたこの衝撃と音は、例の黒色玉だ。

「おっと、城壁は大丈夫かな？」

身を竦《すく》める私を前に、ヴァンはまるでテーブルの上に置いたコップを倒してしまった程度の驚きをもって身を乗り出した。目を凝らすような仕草をして遠くを見ている。

そこへ、見計らったように黒色玉による激しい爆発が連続して鳴り響いた。

まるでがむしゃらに攻撃しているような不規則かつ広範囲での爆発が城壁の向こうで起きている。

「あ、離れましたね」

耳を塞ぎたくなるような激しい音が鳴り響く中、ヴァンは目を細めてそう口にした。

確かに、言われてみれば爆発に巻き込まれないようにしているのか、イェリネッタ王国の軍が城壁から少し距離を取っているように見えた。

それを確認してから、ヴァンは斜め前方にある小さな城に顔を向け、口を開く。

「超最強投石器《カタパルト》の準備出来てるー？」

「はい！　出来てます！」

「よーし！　試し射《う》ちしてみよー！」

そんな軽い命令が下されると、小城の奥で何かが動いた。ここからではよく見えないが、どうやら側面に何か取り付けられているらしい。

何が起きるのかと思って見ていると、風を切る音と共に何かが撃ち出された。弧を描き、黒い物体が空を舞う。

まるで目でも付いているかのように、その物体はイェリネッタ王国軍の後列の方へ落下する。

直後、爆発音を立てて黒い物体は破裂した。黒色玉のような炎はあまり見えなかったが、それでもかなりの威力だったらしい。イェリネッタ王国軍の後列は何十人と地面を転がり、隊列が乱れてしまっている。

そこにあのヴァンが作ったバリスタが次々に撃ち込まれるのだから、相手はたまったものではないだろう。

これは、もはや決着が付いたと言えるのかもしれない。そう思った矢先、ヴァンが不思議そうに口を開いた。

「……あれ？　退却しませんね？」

その言葉に、再度戦場に視線を戻す。確かに、かなりの打撃を受けている筈《はず》だが、相手は退却をする素振りも無い。

「どうして……っ!?」

どうして退却しないのか。そう口にしようとした瞬間、これまでにない轟音と衝撃が城を揺らした。

「わ、わわわ……っ!?」

「……もしかして、城壁が崩れたかな？」

地面の揺れで体勢を崩さないようにする中、ヴァンはすぐにバルコニーの方へと移動して手すりに寄りかかった。そして、城壁の状態を見て目を細める。

「うわ、これはヤバいかな」

と、緊迫感の無い声でそう言うと、城壁の上に目を向けた。

「みんなー！　大丈夫ー!?」

ヴァンの声に、土煙が上がる城壁の上から声が返ってくる。

「はっ！」

「城壁は無事ですが、城門が突破されました！」

「ヴァン様、避難してください！」

城壁の上や櫓《やぐら》からそんな報告があった。それにヴァンは苦笑しつつ、大きな声を出す。

「ありがとー！　でも、避難できないから迎撃するよー！　櫓と城にいる人は城壁内に入った人を狙ってー。他は城壁の外を狙ってね！　城壁の向こうには城門を破壊した兵器がある筈だから、見つけたら一番に破壊するようにねー！」

「はっ！」

「城門の前方に怪しい筒を発見！　破壊します！」

「はーい！」

どこかのんびりとしたヴァンの指示。しかし、ヴァンの騎士団は的確に意図を理解して遂行していく。これは勿論《もちろん》ディーの訓練の成果もあるだろう。だが、ヴァンへの信頼感も無ければ不可能な筈だ。

そこまで考えて、ディーがいないことに気がつく。

「……ヴァン。私の手勢もまだここまで来られていないようだけど、ディーの姿も見えないね？　ディーの性格なら、一番にヴァンの側《そば》に来ないと気が済まないと思うけど」

そう質問すると、何か考え事をしているような様子を見せていたヴァンが小城の方を指し示して笑った。

「ディーはもうあそこで陣頭指揮をとってますよ」

「え？」

その言葉に振り向くと、小城の最上階にあるテラス部分から乗り出すようにして立つディーの姿があった。

「奥を射ち漏らすな！　中心の石垣は登ることが難しい！　この小城を守り切れば必然的に勝利を得ることとなる！　後方部隊は矢の補充を忘れるな！」

城壁内の状況を確認しながら的確に指示を出しているディーを見て、次に城壁の外の様子を真剣な表情で眺めるヴァンの姿を見る。

戦術や戦況の判断でよくストラダーレ騎士団長と衝突していたディーが、何も言わず最も重要な全体の指揮をヴァンに任せている。それはつまり、ディーが心からヴァンの戦いに対する知識や感性を信頼しているということだ。

「……やっぱり、私の予感が当たったかな。ヴァンを追放したフェルティオ侯爵家は、これから苦難の時代が来るのかもしれないね」

そう呟《つぶや》いて、私はヴァンの後ろ姿を眺めて苦笑するのだった。

「怪しい筒を発見！　破壊します！」

「はーい！」

そんな報告を受けて、軽く返事をした。だが、頭の中では様々なことが駆け巡っている。高さ六メートル、幅四メートル超はある鋼鉄の城門を破壊したということは相当な衝撃だ。これまでの黒色玉では難しいだろう。激しい爆発や重量物の衝突により扉が変形、もしくは扉と城壁の接続部分が破損して扉が倒れたのか。

どちらにしても、火薬を使った筒状の攻城兵器といえば大砲だろう。爆発音とともに城門を壊したことを考えても間違いない。

中央大陸から火薬が伝わってきたようだが、単純にこちら側の国々が遅れているということなのか。

「……もしそうなら、これから中央大陸の大国が攻めてくる可能性が高いよね」

一気に移動範囲が広がった大航海時代などでもそうだが、距離の離れた場所には文明が遅れている国なんてのはいくらでもある。そういう国があれば属国にしたり植民地にしたりと、弱い国が侵略されていくのが世の常であろう。

もしかしたら、既にイェリネッタ王国が実質的に属国となってしまっているのかもしれない。そうなると、イェリネッタ王国は中央大陸の大国の尖兵《せんぺい》として全力で攻めてくるだろう。

可能性程度の話でしかないが、もしそうだった場合を考えてムルシアに防衛の基本を教えなくてはならない。

ヴァン君の作った最強兵器の数々も、使い方を誤れば効果は半減するのだ。

そう思って、僕は外の景色を延々と眺めているムルシアに対して口を開いた。

「ムルシア兄さん。丁度良いので、この城塞都市での守り方を説明します」

「え、今かい!?」

驚くムルシアに笑い返しつつ、城壁を指差す。

「分かりやすいでしょう？　今度、先ほどの新兵器に対抗するための対策をします。そうしたら、簡単には城門も突破出来ないようになるでしょう。その間に、バリスタと機械弓部隊の猛攻で防衛するのが基本です。更に、城壁から少し離れた場所で密集している場合はカタパルトを使います。カタパルトは二つしか作ってませんが、必要ならもう少し追加しておきます。あと、今回はカタパルトの弾の種類が刃物盛り沢山一種類でしたが、相手があまりにも強敵だった時には油たっぷり弾もあります。そこに火矢を射れば相手に大打撃を与えることができるでしょう。ただし、とても相手に恨まれます」

「う、うん。それはそうだろうね……魔術を使ったり、騎兵で奇襲なんてしなくて良いのかな？」

「四元素魔術が使える魔術師が育ってませんし、味方の騎士団に被害が出るような戦いは出来るだけしません。もし奇襲するなら城塞都市の城壁を広げてバリスタをいっぱい設置して、四方八方から狙い撃ち出来るようにするくらいですよ」

「なるほど……確かにあのバリスタは驚異的だね。威力だけじゃなくて飛距離も凄《すご》いから、魔術師だって簡単には近付けないよね」

ムルシアはそう言ってバリスタを眺め、何度も頷《うなず》いていた。どうやら、この城塞都市の防衛方法を理解出来たようだ。これで後はムルシア騎士団などを組織できるくらい人員を確保できたら一安心である。

しかし、このままではいけない。もし僕がイェリネッタ王国の軍師だったなら、大砲を大量に揃《そろ》えて遠距離から砲撃する戦法を選ぶ。そうなった場合はいくら天才のヴァン君が建てた城塞都市とはいえ、陥落する可能性も高い。

そうならないようにするためには、早急なイェリネッタ王国攻略が必要となる。侵略するのではなく、中央大陸までの道のりが確立できれば良いのだ。海岸に向かって一直線に幾つかの大きな要塞や砦《とりで》、城塞都市を突破すれば辿り着くはずである。

「ムルシア兄さんには頑張ってもらわないと……」

「え？　何か言ったかい？」

様々な想定、計画を頭の中で巡らしていると、無意識に考えていることの一部を口にしていたらしい。ムルシアが目を瞬かせてこちらを振り向いた。それに微笑《ほほえ》み、首を左右に振る。

「いや、何でもないですよ」

「……本当かい？　何故《なぜ》か少し不安になったけど……」

ムルシアの苦笑に笑うだけで答えず、戦況確認に戻った。

どうやら新兵器の破壊には成功したらしく、更なる増援は送られていない。一方、ディーが受け持つ小城の方も順調に撃退が出来ている。むしろ、殆《ほとん》どが門にも辿り着いていないくらいである。

城壁付近の兵は徐々に退却しているし、もう勝利は確定的だろう。

そう思った矢先、城壁の方から声が上がる。

「ヴァン様！　怪しい筒がまた現れました！」

「壊してー！」

「はい！」

報告に対して脊髄反射で指示を下す。それに団員が即答してバリスタを射出した。普通なら魔術師が現れてこちらも魔術師で対抗するような場面だが、イェリネッタ王国との戦争ではあまりそういった事態にならない。それも全て、魔術の代わりとなる黒色玉の登場によるものだろう。

もしかしたら、魔術師の違う運用方法を考えているのかもしれないが、一先《ひとま》ずスクーデリア王国との戦いにおいては黒色玉と竜を使った戦争に拘《こだわ》っているように見える。そこにどんな意図があるかは分からないが、今後イェリネッタ王国の領土に深く食い込んでいけば、自《おの》ずと分かるだろう。

と、そんなことを考えている内に、城壁内にイェリネッタ王国軍の姿は見当たらなくなった。

「追撃はするな！　小城と櫓、城壁の上から射よ！」

ディーが他の騎士団なら絶対に言わないであろう指示を出している様子を横目に、ムルシアに振り返る。

「……ムルシア兄さん、防衛成功です！　さぁ、これからムルシア兄さんの強い騎士団を結成しましょうね！」

そう告げると、ムルシアは目を瞬かせて引き攣《つ》った笑みを浮かべたのだった。


翌日、朝早くから壊れた城門にムルシア、アルテ、ティル、カムシンを連れて出向く。眠い目を擦《こす》りながら、激しく歪《ゆが》んだ鋼鉄の門や崩れかかった城壁の一部を見上げる。間近で見ると本当に大きくて迫力がある石の壁だ。

せっかく修理した城壁などが一部壊されてしまった。更に、唯一無事だったイェリネッタ王国側の城門やその周りの城壁が壊されてしまったのは悲しい。

「……仕方ないから大砲対策をするために壊れたと考えるとしようか。まず、あんなにドカドカ撃たれるような状況が問題だよね」

そう呟きつつ、壊れた城門の奥に行き、イェリネッタ王国の領土である土地と街道を眺める。ここから見ても昨晩のイェリネッタ王国軍が攻めてきた侵入経路が全く見えない。もしかしたら、イェリネッタ王国になる以前は別の国が守っていた重要な地だったのかもしれない。

「ヴァン様？　その、タイホウというものはあの鉄の筒のことですよね？　それをどう使うのかも、使われないようにするということもよく分かりません」

ティルが不思議そうな顔でそう呟くと、カムシンが難しい顔で顎を引いた。

「……タイホウが使われた時は城を守るために城内でバリスタを操作していましたが、そこから見えたのは大きな音とともに煙が上がり、城門に何かがぶつかるところでした。多分、黒色玉を使っていたんだと思いますが……」

「おお、正解！」

カムシンの推理に僕は驚いて答える。それに、ムルシアが首を傾《かし》げた。

「正解って……ヴァンはあれが何なのか分かるのかい？」

不思議そうに尋ねるムルシアに、僕よりも先にアルテが微笑みながら頷く。

「ヴァン様は何でもご存じですから」

微妙に意味ありげなアルテの言葉。それに苦笑しつつ、目を細めた。

「……まぁ、黒色玉を初めて見た時から考えてましたからね。黒色玉を使えばどんなことが出来るか……色々と考えられますが、もし戦いで使うなら、あの筒の中に黒色玉を入れて鉄の弾とかを入れて飛ばします。計算上ですが、矢で射るのと同等の速度で超重量物を飛ばすことが出来ると思います。更に、黒色玉を入れ込んだ球を飛ばすことが出来たなら、撃ち込んだ先で爆発させることも出来るでしょう。その威力は、一流の火の魔術師をも凌《しの》ぐ可能性があります」

遠く、街道の先を見据えながらそう説明すると、ムルシア達は目を丸くして固まる。

「……そんなことを考えるのは、ヴァンくらいだろうと思うけど」

数秒以上もの時間が流れて、ようやくムルシアが口を開き、そう言った。それにティルが苦笑して頷き、カムシンが目を輝かせる。

「まだちゃんと理解できませんが、そんな凄いことが出来るんですね」

カムシンが感心したように呟いた。一方、アルテは眉根を寄せて口を開く。

「あの黒色玉が、戦い以外にも使えるのですか？」

信じられないといった様子でアルテが質問する。確かに、あの爆発を見て他に何に使うのかと思うだろう。その気持ちはよく分かると頷いてから、ウルフスブルグ山脈の方向を指差す。

すると、皆の目が僕の指に釣られるように山脈の方に向いた。

「例えば、黒色玉を使えば硬い岩肌の山に穴を空けることも出来ると思う。あれだけ大きな山脈を貫通することは難しいけど、一つの山くらいなら穴を空けて道を作ることも出来るんじゃないかな？　後は、鉄鉱山とかでも使えると思う。水害を防ぐために川の幅を広げる工事にも使えるだろうし、考えれば考えるほど有用な道具だと……あれ？」

思い浮かぶことをそのまま口にしていたのだが、気が付けば皆が山脈から視線を外してこちらを見ていた。首を傾げながら皆の顔を見回していると、ムルシアが呆《あき》れたような顔で口を開く。

「……黒色玉を初めて見てから、そんなことを考えていたのかい？」

「……そうですね。新しい道具なので、どんな使い方が出来るか色々と……」

本当は知識として一部知っているものが含まれているが、その部分は隠して答えている。しかし、よく考えたら、いくら天才で知られるヴァン君といえど、まだ十歳にもならぬ身。流石《さすが》に不自然だっただろうか。

少し心配になったので、自分のフォローを自ら行うことにする。

「……まぁ、領主になってから色々と教えてもらっていますからね。治水工事とか、街道についてとか……」

簡単に補足説明をしてみたが、あまり効果は無かった。どうしたものかと思っていると、タイミング良く伝令の兵が向かってきた。

「ヴァン様！　セアト村より応援が到着しました！　冒険者の方々とベルランゴ商会よりランゴ殿も来ています！」

「本当？　それは助かった！」

待ちに待った報告に歓声を上げる。ムルシアには申し訳ないが、早くセアト村に帰って大浴場に入りたい。此処《ここ》にいては買える物もないし、食べる物も種類が全然ないのだ。好きな物を食べてお風呂に入って、発展してきたセアト村の中を歩いて回りたい。

ということで、笑みを浮かべて皆に振り返る。

「それじゃあ、今日か明日にでも城塞都市を改造しましょう！　ムルシア兄さんには最強の城塞都市を贈ります！」

僕がそう告げると、ムルシアは目を瞬かせた後に苦笑した。その姿はティルやアルテがよく見せるものにそっくりだった。


城塞都市の強化。それはすなわち、新たな脅威である大砲の対策に他ならない。

大砲とは、何か。大雑把に説明するなら、鋼鉄の頑丈な砲身がありその中で火薬を爆発させて、重量物を遠くまで撃ち出す兵器、である。それだけのことのように思えるが、火薬次第で石造りの城壁を軽々と貫通するような威力を出すことが出来る。もし、隊列を組んだ騎士団の中心目掛けて発射したなら、想像するだに恐ろしい結果を示すことだろう。

重装歩兵のように頑丈な全身鎧《よろい》と大型の盾を構えた一団であっても、高速で飛来する鉄の塊を相手にすればひとたまりもない。

それは魔術師であっても同じだろう。氷の壁も石の壁も破壊してしまうため、防ぎようがない。

そんな恐ろしい兵器から拠点を守るためには、大砲を使用させないようにしなくてはならないだろう。

「……大砲は重量があるから、車輪を付けて馬に引かせて運んでいるんだよね？」

「はい。あと、近くには石や鉄の球を運ぶ馬車もありましたね」

大砲を調べてくれていたボーラ達《たち》、超最強機械弓部隊の面々が壊れた大砲や鉄球などを指差して答えた。大砲は想像していた以上に大きく、長さも二メートル以上はある。鉄球もボウリングの球より大きい。

これは、運ぶだけでなく発射角度の調整ですらかなり大変そうだ。

「僕が作るなら……」

呟きつつ、イメージを形にしてみる。車輪を大きくして段差に強く、砲身は命中率を上げるために長く、更に内側に螺旋状《らせんじょう》の溝を作って砲弾に回転を加えられるようにする。砲弾の形次第とはなるが、火薬の爆発による威力を余すことなく伝えることが出来れば、イェリネッタ王国の使う大砲の倍以上の飛距離と威力を狙えるはずだ。

「……あ、でもこの形だと爆発の反動で車輪やフレームが歪んだりするかも？　よし、発射時は固定用の支えを設置するようにしようか。そうすれば連続で撃つ時も安定する筈だよね」

言いながら、作ったばかりの大砲を改良していく。気が付けば形が当初の物と全く違うものとなっていた。砲身も長くて少し細身になったため、自分で言うのもなんだがスタイリッシュである。こんなところでもヴァン君の素晴らしいセンスが爆発している。大砲だけに。

そんなアホなことを考えながら出来たばかりの大砲を眺めていると、ふと周囲の皆がこちらを見ていることに気が付いた。

「あ、ごめんなさい。大砲から拠点を守る改築でした！　大砲を作っている場合じゃなかったですね」

笑いながらそう言って謝ると、全員から苦笑が返ってきた。まるで練習でもしていたかのようにぴったり揃って同じような表情をしている。微妙に孤独感を覚えるが、何故だろうか。

「……こほん。それでは個人的な見解ですが、拠点改造計画をお話しいたします」

空気を変えようと思って丁寧に話を切り出すと、疎《まば》らな拍手が返ってきた。ありがとう、ありがとう。

「大砲はその性質上、真っすぐに狙った場所へ飛んでいきます。まぁ、この筒の部分が丁寧に作られていなかったら何処《どこ》に飛ぶか分かりませんが、しっかり作っていたら真っすぐ飛ぶはずです。なので、相手が大砲で狙えないように地形を変えることから始めようかと思います」

「ち、地形を変える？」

僕の説明に、ボーラが驚きに目を剝《む》いた。他の人達も多少違えど似たような表情をしている。

「うん。地面が斜めだったり、目の前に山があったりすると大砲は発射できないよね。坂道でもそうだけど、変な状態で大砲を使えばその反動で自爆することもあり得ると思う。坂道を転げて周りの人達が巻き込まれたりもするでしょ？　だから、まともに大砲が使えない状態をこっちで準備するんだよ」

そう説明して、まだ若干混乱しているボーラ達に頼み、人を集めてもらった。

斥候としてディーやボーラ達が街道の先に進み、周囲を確認する。

「イェリネッタ王国軍はこちらから侵入してきました！」

「おお、なるほど」

騎士団の団員から説明を受けて街道の近くにある森の方を見ると、確かに馬車一台通れそうな砂利道が敷かれていた。とはいえ、大人数の行軍は大変だろう。やはり、こちらの人数が極端に少ないことを知っていて奇襲を仕掛けてきたに違いない。

今すぐにでも裏切者を探し出し、お尻をつねってやりたい気持ちに駆られる。

しかし、今はとりあえずさっさと城塞都市を完璧なものとし、セアト村に帰って大浴場でゆっくりしたい。

そう思って、集まってくれた皆に「木材を集めてほしい」と指示を出す。ちょうどイェリネッタ王国軍が使っている抜け道を丸裸にすることにもなるし、一石二鳥である。

すでに伐採業者よりも木材集めを極めてしまったセアト村騎士団にとって、木材集めなどディーの行う訓練よりも遥《はる》かに楽なボーナスステージと同義なのだ。

見事なフォームで木を切り倒し、素晴らしい持久力で倒した木々の運搬を行う面々。普通なら枝を落とすのだが、図工が得意なヴァン君の場合はその手間も不要である。その為《ため》、気が付けば街道そばの森林は見る間に見通しが良くなっていく。

そして、その伐採された木々はヴァン君の神の手によって生まれ変わる。

道の形を変え、更に段差や壁なども作っていく。視界が遮られていれば大砲も撃てないだろうし、壁を貫通してまともに飛ぶことも無いはずだ。一部下り坂になっている場所にのみ壁の無い部分を設定しているが、そこは城塞都市側から楽に狙うことが出来る。

相手が大砲の角度調整や発射できる状況を準備する間にバリスタから幾つも矢が飛来することだろう。

「……よし、こんなものかな」

丸一日掛けて、イェリネッタ王国軍の侵攻を防ぐための街道改造工事が完了した。僕は満足感を覚えながらそう呟く。

対して、ムルシアは物凄く真剣な顔になり、すっかり様変わりした街道を眺めていた。

「……なるほど。ヴァンのこの魔術もそうだけど、やっぱりそれだけじゃなかったんだね。ヴァンのこの独創的な発想が、これまでのとんでもない功績に結びついていたんだ」

ムルシアは噛《か》み締めるようにそう呟いてから「私も努力しないと……」と口にした。

第四章　イェリネッタ王国の動向

【エアハルト・アスバッハ・イェリネッタ】

「なんだと!?」

怒鳴り、テーブルを叩《たた》く。激しい音が石で出来た床や壁で反響し、室内に鳴り響いた。私の言葉に身を竦《すく》める伝令の兵を睨《にら》み、口を開く。

「もう一度、その馬鹿げた報告をしてみせよ！」

「は、ははっ！　西南のヴェルナー要塞が陥落！　国境騎士団が退却後、要塞に残ったスクーデリア王国の騎士団が僅かな手勢であると情報を得てすぐさま奪還に向かいましたが、それも失敗に終わりました！　被害は甚大であり、現在は城塞都市グローサーにまで後退し、態勢を立て直しているところです！」

「馬鹿な……っ！」

伝令の報告を改めて聞き、手元にあった陶器の器を跪《ひざまず》く兵に向かって投げつけた。肩の鎧《よろい》の部分に当たり、兵は僅かによろめく。

「面白くもない冗談だ！　あれだけの準備をして挑んだにもかかわらず、三つの戦場全てで無様に敗戦し、挙句に今度はこちらの拠点が奪われただと!?　あれだけの兵器を持たせて、どうやったら負けることが出来ると言うのだ!?」

再度テーブルを叩き、怒鳴りつけた。それに対して兵はビクリと肩を震わせて、地面を睨むように見る。額からは汗が滴り、床を濡《ぬ》らしていた。

「も、申し訳ありません……しかし、スクーデリア王国にも情報に無い様々な脅威が存在しました。それらにより黒色玉だけでなく、大型の竜種ですら無効化されてしまいました。もしかしたら、こちらの情報が相手に……」

「黙れ！　そんな報告はもう再三受けておるわ！」

「は、ははっ！」

言い訳を口にする兵を一喝すると、裏返ったような声で返事をする。その怯《おび》えた兵の姿に苛立《いらだ》ちを感じながら、現状を把握すべく頭を働かせる。

当初は、中央大陸の覇者であるソルスティス帝国の援助を受けてスクーデリア王国を下し、このグラント大陸の覇権を手にしようと考えていた。魔術師でなくても戦況を変えることが出来る黒色玉や火砲《かほう》を目の前にすれば、誰でも野心を抱くというものだろう。

勿論《もちろん》、ソルスティス帝国と海を挟んで隣接しているヘセル連合国と同様に、ソルスティス帝国に逆らうことが出来ずに不利な条件で同盟国となっていることには一抹の不安もあるが、近年のスクーデリア王国の勢いはそれ以上に警戒すべきものであった。

自国の防衛のために黒色玉と火砲を大量に買い求めてソルスティス帝国に協力的な態度を示し、

それらを利用してスクーデリア王国の領土を次々に奪い取っていく。十分にソルスティス帝国の信頼を得ることが出来たなら、それなりの条件はあれど黒色玉の製法を得ることも出来るだろう。

いずれは、ソルスティス帝国と相対することが出来るほどの力を持つ。それが最終目標であった。

だが、今やそんな目標はただの戯言《たわごと》と同義となっている。なにせ、黒色玉も火砲も持たぬスクーデリア王国に連戦連敗なのだ。誰が聞いても我が国の惨状を愚か者の所業によるものと嘲笑《あざわら》うことであろう。

「……何故《なぜ》だ。何故、こうなった」

歯軋《はぎし》りをして、口の中でそう呟《つぶや》く。我が国がソルスティス帝国の騎士団と衝突した時、黒色玉と火砲の威力を見てまともに戦うことも出来なかった。先にソルスティス帝国と同盟を結んだヘセル連合国の騎士団もいたが、はっきり言って物の数に入っていない。いや、単純にソルスティス帝国が強すぎた、というべきか。

なにせ、ソルスティス帝国の騎士団は火砲を横一列に二十も並べ、更に歩兵達《たち》は黒色玉を手に持っていたのだ。こちらにも最上級の四元素魔術師はいたが、火砲二台を破壊するだけで精一杯だった。次の火砲を破壊しようとする間に、別の火砲の一撃を受けて重傷を負ってしまったのだ。

弓矢での攻撃や騎兵での突撃も行ったが、まったく相手にならない。重装歩兵が全身をすっぽりと隠すことが出来る大盾を持つだけで、こちらの攻撃は簡単に無効化されてしまう。無理やり突破しようものなら、動きを止めた瞬間に火砲の餌食だ。

黒色玉と火砲の破裂するような轟音《ごうおん》は馬を無力にするだけでなく、経験の浅い兵達の戦意も根こそぎ奪ってしまう。これでは、まともな戦争になどなるはずもない。

結果、我がイェリネッタ王国は無残なまでの大敗を喫し、屈辱的な条件を呑《の》んで同盟国となった。実質は従属国扱いと同じだ。輸出入では一方的に関税の税率が定められ、あちら側からの要望はほぼ強制されるのに対して、こちらから要望を行うことは出来ない。

この不平等な同盟の唯一の利点は、強大なソルスティス帝国の助力を得て戦うことが出来ることだろう。ソルスティス帝国は同盟国に対しての支援を約束しており、新たに同盟国を増やすことを望んでいる。従属国という言葉こそ使っていないが、ソルスティス帝国は同盟国に等級を定めており、ソルスティス帝国と直接同盟を結んだ国を第一等級とし、その一等級国が新たに同盟国を増やした場合は二等級国という扱いになる。その次は三等級国だ。自分よりも下位の同盟国を増やしていけば、課税の面や物資で優遇を受けることが出来る。

いずれはソルスティス帝国が世界を牛耳るはずだ。そう思っているからこそ、同盟国は競うようにソルスティス帝国の助力を得て周囲を支配下に置いていこうとしている。ヘセルも同様だが、立地条件が違った。ヘセルは一つずつ小国を奪っていくことしかできず、僅かずつしか下の等級の同盟国を増やすことは出来ないだろう。

一方、我が国はソルスティス帝国に敗れて同盟を結んでから、すぐに西と北西の小国に進軍し、同盟を結ばせた。その二つの国は二等級国となった。これで東はソルスティス帝国、北はヘセル、西は下位の同盟国となり、我が国が隣接する敵対国はスクーデリア王国のみである。

これまではスクーデリア王国に散々煮え湯を飲まされてきたが、今はソルスティス帝国の武力がある。こうなれば、この大陸でもっとも強大な国となり、逆にソルスティス帝国を上回る資源を得てやろう。

その時までに、ソルスティス帝国より得た黒色玉や火砲という新技術を我が物としておけば、いずれは帝国の立場を奪い取ることも可能な筈《はず》だ。

そう思っていた。

「……だというのに、なんだこの有様は……！」

怒りに目眩《めまい》を覚える。同盟国の中で少しでも優位な立場を築こうとしていたのに、このままでは反対に領地を削られてしまい、ソルスティス帝国の騎士団が出てきてしまうだろう。

そうなれば、同盟国内の立場どころではなく我が国の存続すら危うくなる可能性がある。

「……どんな手を使ってでも、スクーデリア王国を叩き潰す。それが、我が国が生き残る唯一の道だ……！」

【コスワース・イェリネッタ】

弟達が揃《そろ》って敗戦し、捕虜となってしまった。そんな耳を疑うような報告を受けて怒りに目の前が真っ暗になるような感覚に陥る。

「……どうやったら、あれだけの装備で負けることが出来るというのか。黒色玉だけでなく、二足飛竜《ワイバーン》、更には赤銅地竜《アースドラゴン》まで配備した筈だが」

思わず、手に持っていたグラスを握り砕いてしまう。耳障りな音を立てて割れたグラスを見て、報告に来た兵が肩を震わせた。

「そ、その……スクーデリア王国もまた新たな兵器を開発しており、更に驚異的なまでの拠点建築技術を有しているようで……」

「建築技術……？　スクデットやフェルティオ侯爵、フェルディナット伯爵の領内にある城塞都市が想像以上に頑強であったと言いたいのか？」

低い声で聞き返すと、兵は首を左右に振る。

「い、いえ……僅か半日もせずに、何もないところに拠点を建設する技術であります。それにより、西南のヴェルナー要塞が陥落いたしました……また、イスタナ殿下が即座に奪還を試みましたが、敗北。現在は南の城塞都市まで退却を余儀なくされております」

「イスタナが？　ウニモグあたりの馬鹿共は仕方がないとしても、イスタナが敗北したのか？　ならば、スクーデリア王国の戦力を算出し直さねばならんな。しかしこの私が小国とはいえ二つの国を落としたというのに、馬鹿な弟共よ。やはり、私が次の王に相応《ふさわ》しいというわけか」

鼻を鳴らしてそう口にすると、頭を下げていた兵が媚《こ》び諂《へつら》うような表情で何度も頷《うなず》いた。気骨の無い男だ。

溜《た》め息《いき》を吐《つ》いて腰を上げ、髪を後ろに撫《な》でつける。

「王都へ戻る！　この私、コスワース・イェリネッタ第一王子が直接指揮をしてやろう！　スクーデリア王国との総力戦だ！　完膚なきまでに叩き潰してくれるわ！」


【イスタナ・イェリネッタ】

「無様なものだ。長兄であるコスワースが戻るということは、第二王子である私より下の者達は揃って王位継承権が名ばかりのものとなるだろう……まぁ、下手をすればソルスティス帝国の更なる助力を求めることになるかもしれないが、その時は我が歴史あるイェリネッタ王国自体の存亡の危機となる。我らの王位継承がどうだの言っていられない事態となるのだ。これ以上の敗戦は許容できない」

そう告げると、ヘレニック魔術師団長は深刻な表情で顎を引いた。

「はい……しかし、正直に申し上げれば、あの城塞都市がある以上簡単ではありません。もし可能であれば、王都まで一時退却とし、戦力を整えて別の戦場を用意する必要があるかと……」

ヘレニックがそう呟き、頭を下げる。進言はしたが、まさか採用されるとは思っていないに違いない。なにせ、重要な拠点を奪われてすぐに王都まで逃げ帰ろうと提案しているのだ。これをコスワースが聞けば打ち首すらあり得る。

だが、それだけの重罰を覚悟しての進言であることは間違いない。そして、その進言内容は、恐らく正しい。

「……長兄が許すとは思えないが、内容次第では進言することも出来るかもしれない。それで、ヘレニック団長はどうすれば現在の状況を打開できると思う？」

尋ねると、ヘレニックは険しい顔で唸《うな》り、ゆっくりと口を開いた。

「ヴェルナーの奪還のために新しく配備された火砲を持って出陣したシュタイア騎士団長は戦死しました。僅かな戦力しか残していないという情報を信じて、更に不意を突く形での火砲による奪還作戦であったにもかかわらず、まともな戦果を挙げることも出来ずに敗北してしまったと……逃げ帰った騎士団の者達が言うには、ヴェルナー要塞は全くの別物となってしまっていたとのことです。これは、例の恐ろしい建築技術によるものとしか考えられません」

「……それは、私とて理解している。だからこそ、ヘレニック団長の口にした別の戦場というものがどういったものか尋ねているのだ」

そう告げると、ヘレニックは深く頷いて答える。

「つまり、スクーデリア王国軍が拠点を作ることが出来ない状況を用意する必要があります。百年以上前に主流だった戦いへ、あえて立ち返る必要があるかと……」

ヘレニックは内容を少し濁した物言いで自身の案を口にした。それに、思わず眉根を寄せて深く息を吐く。

大昔は、どの国も戦える人員を育成できず、田畑の世話をしている者を無理やり兵士にして戦っていた。だからこそ、一人で大きな戦力となる魔術師は重宝され、猛威を振るっていた。その戦い方も職業軍人と言える騎士団の確立により変わった。一定水準の弓矢、馬を使いこなす騎士が現れると、魔術師も最大限の力を発揮し難《にく》くなったのだ。

結果、高い城壁を備えた拠点の防衛戦が魔術師の主戦場となった。逆に、野戦においては馬を使う騎兵が最も強い存在となり、しばらくはその戦い方が主流となった。

そして、各国が領土を奪い合って国々が興廃していく中で、更に効率的な戦術が確立されることとなる。

それは、騎兵に魔術師を加えることだ。機動力を持ち、更に戦争の流れを決定付ける攻撃力を備えることが出来る。魔術師がどこにいるか分からないようにして戦ったり、小さな城塞都市ならば移動しながら魔術を使うことで防衛を困難にするなどの戦術もあった。大国の王都でもない限り、四元素魔術師など何人も揃えられるものではない。殆《ほと》どの拠点が一ヶ月もしない内に陥落してしまったことだろう。

対して、その馬を駆る魔術師に対抗する手法が幾つも考案された。その中で最も有効なものが、行軍中を狙った奇襲と橋や崖、山道を使った罠《わな》などである。つまり、拠点を攻められる前に攻撃することだ。

この戦い方が上手《うま》くいけば、侵略はこれまでの何倍も速く、楽になる。そういった戦い方が、約百年前まで主流だったのである。

それら、戦争の歴史を思い出して、私は顔を上げた。

「……つまり、スクーデリア王国が侵攻する先に罠を張り、奇襲を行うということか？」

そう口にすると、ヘレニックは深く頷いた。

「はい。狙う場所は川です。まさか、拠点ごと移動するわけにはいきません。あの驚異的な建築技術が使われる前に叩きます。黒色玉を使って橋を落とし、混乱しているところに移動しながら魔術による攻撃を加えます。いくら火砲を破壊した攻撃も、馬で移動している魔術師には当たらないでしょう」

「……罠を張って奇襲をかけ、野戦に持ち込むわけだな」

ヘレニックの言葉を要約しながら呟く。確かに、火砲と黒色玉が通じない要塞を相手にするのは馬鹿げている。それならば、拠点を作らせないという戦法は正しいだろう。

「……問題は、この作戦をあのコスワースが認めるかどうか、というところか」

これから起きるであろう苦労を思い、静かに溜め息を吐く。

人手が足りない。それも、圧倒的なまでに。

そう思いながら、ディーが行う防衛訓練を眺める。

「左！　判断が遅いぞ！　敵の有効射程は正確に把握できておらん！　こちらと同等の距離で攻撃できるとしたら、後は狙う精確さと速さで勝負するしかないのだ！　速さ、精確さが重要であると考えよ！」

「はっ！」

ムルシアを拠点の代官に任命してはみたが、流石《さすが》に指揮したことの無いセアト村騎士団の面々をポンと預けて帰るわけにもいかない。

そういうことで、しばらくはディーとアーブが残って騎士団の維持を手伝うこととなった。ちなみに、今訓練している騎士達の中にはムルシアの手勢である侯爵家の騎士達が加わっている。人数は百人程度だ。なぜか護衛で付いてきた冒険者達までディーに鍛えられているのは不思議である。

その様子を横目に見つつ、天守閣に上がってきたランゴに振り向いた。ランゴは物珍しそうに周囲を見回しており、完全に観光客と化している。

「えーっと、物資の運び込みは完了かな？」

そう声をかけると、ランゴがハッとしたように振り向いた。

「あ、はい。言われた通り、保存食や調味料、酒を含めて馬車十台分の物資を納めさせていただきました。衣服もありますので、衣食に問題はないかと思います。しかし、武器や鎧などはありませんが、大丈夫ですか？」

「待っている間に作っちゃったからね。バリスタ用の矢もいっぱいあるし、そのあたりは大丈夫そうだよ」

「流石ですね」

僕の回答に、ランゴは苦笑しながら頷く。

と、ランゴは思い出したように床を指さして口を開いた。

「ああ、そういえば……ヴァン様。この度は新たな領地獲得、おめでとうございます」

そう言われて、一番に口にするべき挨拶を忘れていたランゴに苦笑を返す。ベルが知ったらまた怒られるぞなどと思いながら、困っていますという表情を作った。

「それは良いことなんだけど、困ったことに人が足りないんだ。多分、セアト村も三千人以上が住んでると思うけど、こっちにも千人くらいは人が必要かなと思って……防衛の要だから騎士団だけでも千人から二千人は欲しいのに、今のままじゃ三百人くらいしか配置出来ないんだよね。かといって、セアト村の防衛力を下げるわけにもいかないし」

どうしたものかと頭を悩ませる。

するとランゴがなんでもないことのように答えた。

「確か、ヴァン様がお留守の間にまた五百人ほど増えたはずですが、それでも全く足りませんよね。急を要するなら、また奴隷を購入するのはいかがでしょうか？　セアト村で働けるなら、どこに買われるよりも幸せですからね。奴隷達も感謝すると思いますし」

「えー、そうかな？　奴隷大好きなヴァン君って噂《うわさ》が立たない？　奴隷をいっぱい買っている人ってあんまり良いイメージなさそう」

正直な感想を口にしてみる。それにランゴは曖昧に笑って片手を左右に振った。

「いえいえ、数年前などはよくありましたから。スクーデリア王国が領土を広げる度に大勢の戦争奴隷や孤児、借金奴隷が溢《あふ》れ、それと同時に領土が拡《ひろ》がったことで働き手が足りない場所も多くありました。そういった場所では奴隷を買い求めて労働力にするなど普通のことでしたよ」

「まさに今の僕じゃないか。あれ？　じゃあ、それこそイェリネッタ王国と戦っているから、奴隷が増えてるのかな？　戦争捕虜になっちゃった人とか」

昨今の奴隷事情はどうなっているのか。そう思って尋ねたのだが、ランゴは難しい顔で首を傾《かし》げる。

「……そうですね。今回はスクデットの奪還とフェルディナット伯爵領での防衛戦でそれなりに奴隷が増えたようですが、その戦争奴隷達は推奨しません。セアト村もこの拠点も、今後イェリネッタ王国と戦うための最前線になるでしょうし、裏切りなども考えると買わない方が良いでしょう。

なので、借金奴隷や盗賊、山賊などに誘拐されてしまった者などを対象に検討した方が良いかと」

「なるほど……それなら良い人そうな奴隷を選んでもらおうかな。あと、セアト村とこの城塞都市ムルシアまで行き来してくれる行商人とかがいたら声をかけてくれる？」

「分かりました……ところで、この拠点の名前は、城塞都市ムルシアで良いんですか？　その、記憶違いでなければヴァン様のご家族にムルシア様という方が……」

「そうそう。ムルシア兄さんがここの代官だからね。ムルシア騎士団も作っている最中なんだよ」

質問にそう答えると、ランゴが微妙な顔で頷いた。同時に、背後から咳払《せきばら》いが聞こえる。

「え？」

振り返ると、そこには複雑な表情のムルシアが立っていた。

「……ムルシア騎士団はともかく、城塞都市ムルシアは聞いていなかったと思うけど」

不満そうな表情と声でムルシアがそう呟く。

これはまずい。怒られるかもしれない。

瞬時にそう判断した僕は、すぐに可愛《かわい》い末の弟、ヴァン君として眉をハの字にする。

「え？　ムルシア兄さん、嫌だったんですか……？　ごめんなさい……これから、ムルシア兄さんの伝説が始まると思って、勝手に名前を決めたりして……で、でも、僕はムルシア兄さんに喜んでもらおうと……」

悲しげにそう言い訳を口にすると、ムルシアは少し慌てたような表情になり、両手を振った。

「あ、いや、そんな怒っているわけではないよ……少し恥ずかしかっただけで……」

「本当ですか？　じゃあ、城塞都市ムルシアと、ムルシア騎士団を正式に認めてもらえるということですね？」

「え、えぇ？　いや、でも、さすがに……」

「ありがとう、ムルシア兄さん！」

言い淀《よど》むムルシアに、有無を言わさぬ調子でお礼の言葉を述べる僕。心優しいムルシアは引きつった顔で笑うしかなかったのだった。

ちなみに、ティルから後で「流石に可哀《かわい》そうです」とコメントをもらったりもした。

第五章 ★ 帰宅

なんだかんだあったが城塞都市ムルシアは完成となり、ようやく帰れることとなった。

「かなりの大仕事だったけど、これで陛下からの依頼は全て完了です。皆さま、本当にお疲れ様でした！」

「はっ！」

スクーデリア側の城門前で集まり、挨拶をする。それに居並ぶ騎士団が野太い返事をした。

最前列には代官のムルシアと臨時騎士団長のディー、アーブが並んで立っている。その後方にはセアト村騎士団二百名とムルシアの手勢百名。更に、城塞都市ムルシアに残る冒険者達《たち》十名ほどが並んでいる。

対して、こちらは超天才少年のヴァン君と超美少女婚約者アルテ、超美少女？メイドのティル、最強になる予定の剣士カムシン。ついでにロウと商人のランゴ。最強機械弓部隊のボーラ達。更に案内役兼護衛の冒険者達十名が並んで立っている。

「ベルランゴ商会からすぐに物資の補給がある予定なので、調味料やお酒も気にせず消費しちゃってくださいね」

笑いながらそう告げると、ムルシアが苦笑しながら頷《うなず》く。

「ありがとう。食べ物は大事だからね。その言葉だけでも気が楽になるよ。ただ、申し訳ないけど出来るだけ早く騎士団の援軍を頼みたいんだ。情けないけど、いつイェリネッタ王国軍が攻めてくるかと不安で仕方ない」

困ったような顔でムルシアが答える。それに頷きつつ、頭の中で今後の予定を考えて口を開いた。

「はい。やはり、この城塞都市ムルシアが最前線となりますから、セアト村には最低限の人数のみ残して援軍を送る予定にしています。エスパ騎士団もいるので大丈夫でしょう。人口の増加計画が上手《うま》くいけば更に増援を送る予定です」

そう答えると、ムルシアはホッとしたように表情を緩める。

「それは助かるよ。私も四元素魔術師ではあるけれど、一人で戦況を変えるほどの腕前じゃなくてね」

と、なんでもないことのようにムルシアが呟《つぶや》いた。その言葉に、頭の中で色々とムルシアの魔術の使い道が浮かぶ。

空気銃なども思い浮かんだが、風による遠隔での罠《わな》の発動が最も効果的だろうか。見た目が石造りの頑丈そうな橋を作り、いざという時はムルシアの風の魔術で即座に崩壊出来るような罠を作れば、物凄《ものすご》い戦略的効果を発揮するに違いない。

そういった箇所を幾つも準備しておけば、大国を相手にした戦争でも防衛出来る可能性が上がるだろう。

「……いや、ムルシア兄さんの魔術は、もっと良い使い道があると思います。それはもう少し考えてみますね」

「え？　そ、そうかな？」

「はい。せっかく貴重な魔術が使えるなら、最大限に活《い》かす方法を考えないと」

そんなやりとりをして、話を終えた。

残る人には労《ねぎら》いの言葉と防衛の大切さを伝え、セアト村に帰る人には緊張感を保ってウルフスブルグ山脈を越えるぞと伝える。

なにせ、以前は大型の魔獣が兎《うさぎ》や狸《たぬき》のようにひょいひょい出ていた危険な道のりだ。いくら街道を整備したからといって、油断は出来ない。

そう思って、緊張感を持っていたのだが、良い意味で肩透かしを食らった。

前回同様、凄腕《すごうで》の冒険者とバリスタ、機械弓部隊がいれば、ウルフスブルグ山脈縦断ツアーも楽なものである。魔獣が現れる前に発見し、討伐ができるのだ。

さらに、馬車を伴った行軍がすいすい進めば危険に見舞われる回数も減る。

山中で夜を明かす必要はどうしても発生するが、途中の開けた場所に三箇所ほど大きな宿泊施設を作って凌《しの》いだ。簡易的な砦《とりで》だが、それでも安心して寝泊まりは出来る。

そのおかげで、思っていた以上に快適かつスピーディーな帰宅が可能となったのだった。

しかし、セアト村に帰ってからが地獄の始まりだった。帰宅してその晩はゆっくりしたものの、次の日にはエスパーダに呼び出され、緊急会議を開くことに。

「……おはよう」

眠い目を擦《こす》りながら挨拶をすると、ビシッとした格好のエスパーダが頷いて答えた。

「おはようございます、ヴァン様。お仕事の時間となりました。まずは、以前ヴァン様から仰せつかっていた用件から」

「僕が言ったこと？」

「はい。能力のある者を育てるように計画していたはずですが」

と言って、エスパーダの眼が鈍く光る。まさか、お忘れですか、と目が語っている。

「お、おお、覚えてます！　エスパーダに部下として付けた子もいたよね！　その子のことかな？」

慌てて記憶を辿《たど》りながら話を合わせた。エスパーダは僕の冷や汗の数を数えるように睥睨《へいげい》しながら、ゆっくりと口を開く。

「……はい、その者を含めて、五名の教育が一次段階まで完了しました」

「五人！　すごいね!?　一年も掛からずに五人も一人前に……って、一次段階って何かな？　聞いたことない単語だけど」

首を傾《かし》げながらエスパーダに聞き返す。すると、エスパーダは片手の掌《てのひら》をこちらに見せるように手を挙げた。

「それぞれの教育課程を五つに分けて、平時の状況のみ任せることが出来る状態です。基礎を覚え、多少の応用が出来るようになったら二次段階としています。突発的な問題に対応を任せることが出来るのは三次段階以上ですな」

「へ、へぇ……それだと、僕は三次段階くらいかな？」

少し謙遜しつつそう答える。すると、エスパーダは目を細めた。

「ヴァン様は、戦争に関することは四次段階でしょう。勉学も同様です。しかし、内政は二次段階。外交や貴族との折衝も二次段階と判断しています。ああ、商売に関しては三次段階で良いでしょうな」

「あ、ありがとうございます」

辛口な評価をいただき、僕は肩を落としてお礼を述べる。それをどう受け取ったのか、エスパーダは自らの髭《ひげ》を撫《な》でながら大きく頷いた。

「ヴァン様は得意な科目では驚異的な知識と行動力をお持ちです。しかし、礼儀作法や貴族間の関係性、他国との外交状況などの学び方が消極的です。今後は、苦手なものを無くすために努力しましょう」

「……は、はい。分かりました……」

一番嫌いな科目を重点的にやるぞ、と言われてしまった。なんと悲しいことだろう。どこの伯爵が晩餐会《ばんさんかい》を開いただの、あの侯爵がどこぞの子爵を舞踏会に招待したぞなど、本当にどうでも良い。

こっちは引き籠もりやすい辺境の地に永住するつもりである。王国の要職に就きたいなんて野心もない。どこぞの派閥に入れば月に何回も晩餐会だったり舞踏会だったりがあるのだから、派閥など入るものではない。

たまに来て大浴場に入って酒を飲むパナメラくらいの関係がちょうど良いのだ。

口には出さないが、頭の中では貴族らしからぬ思考がぐるぐると回っていた。

それを見越してか、エスパーダは深く溜《た》め息《いき》を吐《つ》いてから口を開く。

「……そんな面倒なことを嫌うヴァン様のために、代官が出来る者を二人育てました。一人は元貴族の子女であり、その境遇から疑《うたぐ》り深《ぶか》い部分も持ち合わせた逸材です。もう一人は騎士爵の家の長女ですが、素養は十分であると判断しています。今後はその二人も貴族との折衝に加わるようにします。その役割のために、二人は奴隷契約の解除を行い、私の養子として迎え入れております」

「へぇ!? い、色々聞きたいことがあるんだけど!?」

エスパーダの報告に耳を疑いながら返事をする。対して、エスパーダはポーカーフェイスを崩さずに浅く頷いた。

「やはり、貴族たる者は心に陰を持たねばなりません。明るく馬鹿正直な者は利用されるのが世の常でしょう。そういう意味では家や家族を失い、奴隷にまでなった元貴族の者は素晴らしい素質を持っていると……」

まるでリクルーターのように真顔で良い人材の紹介をしてくれるエスパーダに、頭を抱えたくなりながら無理矢理頷く。

「わ、分かったよ。その人達のことは任せるから、良い代官を育ててね」

「はい、もちろんです。また、他の三名についても同様に財政を管理出来る者、物資の管理が出来る者、街並みや設備の管理が出来る者といった形でそれなりに知識を持たせることが出来ました。一度ヴァン様に面談していただき、彼らにどこまで裁量を持たせるかの判断をお願いしたいと思っています」

「……もう全部エスパーダに任せたいくらいだけど」

「それはなりません。この領地の最高責任者はヴァン様ですから」

「……はい」

エスパーダに返事をした僕は、領地が大きくなったことで生じる面倒ごとに頭を悩ませるのだった。


真面目。超真面目。もう本当に石頭。カッチカチのガッチガチ。だけど、本当に心から僕に仕えてくれて、強い責任感を持っているからこそ自分にも他人にも厳しい。

そんなエスパーダという人物をよく理解しているからこそ、エスパーダには全ての権限を与えている。

少し詳しくその権限について説明するなら、僕がいない間の領地の維持や防衛だけでなく、新しく村人になるだろう相手の選別、許可もである。更に言うならば村の最大の稼ぎである魔獣の素材の管理、売買についてもそうだ。

エスパーダがもし金銭を持って逃げようと思えば、明日にでも白金貨を握り締めて逃げることも出来るだろう。それほどの裁量を与えている。

だから、エスパーダが自分の判断のみで自らの補佐をする者や各管理者を選別して任せることも出来るのだ。しかし、エスパーダは必ず重要な決定を僕に求めた。単純にヴァン・ネイ・フェルティオ男爵家の当主であるということを立ててくれている、ということもあるだろう。

だが、恐らくエスパーダの真意は別にある。

そんなことを考えながら、僕は室内を軽く見回した。

貴賓室としても使っている広間で、等間隔に並んだ椅子に座る五名。その奥にはエスパーダとロウが立って五人の後ろ頭を眺めている。ちなみに、それに対面する形で座る僕の左側にはカムシンとティルが立っており、右側にはアルテが椅子に座って僕と一緒に五人を見る恰好《かっこう》となっていた。

椅子に座る男女は明らかに緊張し、僕を見ている。その様子を確認してから、口を開く。

「……それでは、最終面接を始めます！　右手の方から順番に自己紹介と自信のある業務内容などを教えてください！」

何となく集団面接のような気分になったので、そんな言葉を投げかけてみた。予想外の言葉だった筈《はず》だが、手のひらを向けられた一番右奥の男性が素早く立ち上がって口を開く。

「は、はい……！　わ、私は元奴隷のジウ・ジアロと申します！　奴隷になる前は建築、設計を生業としておりましたが、他の商会の囲い込みにより仕事が激減し、借金奴隷となってしまいました。この先どうなるのかと檻《おり》の中で震えていたところ、ベルランゴ商会に買っていただき今の暮らしを得ることができました。つきましては、ヴァン様にも心からの感謝を……」

という感じでジウさんの挨拶と自己紹介が始まった。もう、超真面目。エスパーダが教育するメンバーに選出した理由が分かるというもの。

そういった真面目そうな男女の自己紹介を聞いていく。四人目の貴族の子女であるジュリエッタ・ベルリーナという少女は確かにエスパーダが口にしていたような人物だった。

金色の髪を短く切った可愛《かわい》らしい少女で、常に微笑《ほほえ》みを浮かべている。しかし、話す時は人の反応を確認するように話し、相手の心情を測るように同意や共感の言葉を使っていた。

まさに、歌舞伎町の女帝になれる逸材である。日本にいた頃の僕なら毎月生活費を削って貢いでいたかもしれない。貢いだことは一切ないが。

そして、ついに最後の一人となった。

背の高い二十五歳ほどの女性である。紫がかった髪を後ろに結っており、力強い目も相まって女武者みたいな雰囲気があった。

美人だが、ちょっと怖そう。そんな印象である。

女性はこちらを見て背筋を伸ばし、口を開く。

「私はエミーラ・コーミィと申します。騎士の生まれでしたが、父の戦死により家が没落。母と弟のために自ら身売りいたしました。幸運にもセアト村に来ることができ、エスパーダ様に選んでいただいたことで今は領主代行として働けるように努力しております。今後はエスパーダ様の期待に応え、ひいてはヴァン様のお役に立てるよう粉骨砕身の覚悟で勤めを果たしたいと思います」

そう言って、エミーラは深く一礼した。最も簡素な自己紹介だったが、不思議と実直な性格が伝わってくる。そんなエミーラがなんとなく気になり、質問することにした。

「エミーラさんですね。騎士の生まれということでしたが、剣術や戦術についての知識はありますか？」

「……はい。父は子供に中々恵まれず、やっと生まれたのが女である私だったので、弟が生まれる十歳になるまで厳しく教えられていました。剣、槍《やり》についてはそこらの騎士にも引けをとらないと自負しております」

自信を持ってそう答えるエミーラ。それに成程と頷き、エスパーダを見る。

「エミーラさんの領主代行としての知識はどれくらいかな？」

そう確認すると、エスパーダが軽く頷いて口を開く。

「小さな町なら問題なく管理できるでしょう。財務、資源、人事などの管理は勿論《もちろん》、人的問題や上下水問題などにも対応出来ます。課税については学んでいる途中ですが、現状はまだ人頭税や通行税も徴収していないため、後回しとしております」

「なるほど。それなら、試しにエスパ町を一ヶ月管理してみて、問題がなかったら城塞都市ムルシアの補佐官をしてもらおうかな。ムルシア兄さんはいずれ他の町や城塞都市を占領していく予定だから、そうなったら城塞都市ムルシアの城主代行として頑張ってもらおうか」

エスパーダにそう告げると、エスパーダより先にエミーラが目を丸くして驚いた。

「じょ、城主代行……わ、私が、でしょうか？」

意外と冷静な反応だが、しっかり驚いてくれている。中々良い反応だ。ヴァン君がご褒美にバリスタをあげよう。城塞都市ムルシアで使うだろうし、丁度良い。

そんなことを思っていると、エスパーダが難しい顔で顎を指で摩《さす》り、口を開いた。

「……なるほど。確かにセアト村以上に人材不足の状態ですから、ムルシア様には良い助力となるでしょう。しかし、当初の予定ではセアト村とエスパ町の両方に代官を置く予定でしたが、これではまた新たに選定して教育をしなくてはなりませんが……」

と、何故《なぜ》か今までになく不本意な様子のエスパーダ。それを見て、何となくエスパーダの思惑を察する。

「……もしかして、陛下のご要望を叶《かな》えようとか思ってない？」

目を細めて疑惑の眼差《まなざ》しを向けながらそう尋ねると、エスパーダは不服そうに視線を逸《そ》らした。

「うわ、怖い！　セアト村とエスパ町に代官を置いてエスパーダが両方援助したら、僕が陛下のご要望通りに色々と出張出来るってこと!?　僕はセアト村から出たくないんだってば！」

　水面下で行われていた策略に恐怖しながら文句を言う。すると、エスパーダが眉間に深い皺《しわ》を作って口を開いた。

「陛下がせっかくヴァン様を重用してくださっているのですから、本当ならどんなお話も断るべきではありません」

「いやいや、僕の希望も聞いてよ！　陛下のご要望全部聞いてたら王都に来いとか言われるに決まってるじゃないか！」

　思わず、その場でエスパーダと口喧嘩《くちげんか》のような状況になってしまう。これには面接で集められた五人も困惑してしまうだろう。

　しかし、ここは言っておかねばならないポイントである。誰であれ、僕の引きこもりライフを揺るがすことは許さないのだ。

　そんなことを思いながら文句を言っていると、アルテが可愛らしく咳払《せきばら》いをした。

　その音に、皆が一瞬動きを止めてアルテを見る。そして、アルテは、優しげな微笑みを浮かべてこちらを見返す。

「ヴァン様。それで、面接はどうされますか？」

　柔和な雰囲気で聞かれた筈なのに、不思議と背筋が伸びてしまった。

「そ、そうだね……じゃあ、今後の領地を管理してくれる皆にこの先の話をしようか」

そう言って、僕は本題に戻るのだった。


アルテの一言により軌道修正した僕は、改めて今後の話をすることにする。

「あ、この話はこの部屋にいる人とディー、アーブ、ムルシア兄さんにしか話したらダメだよ？ それを守れる人ー？」

「は、はい！」

「……守ります」

五人は揃《そろ》って秘密を守ると約束した。その目には嘘《うそ》の色は無さそうだ。それを確認してから頷き、口を開く。

「それでは、発表します。まずは、近々セアト村の人口を増やします。人口が増えたら改めて代官が出来そうな人を十名、騎士団長が出来そうな人を十名選抜します。その人達の成長を促しつつ、しばらくしたらイェリネッタ王国の領土に侵攻します」

そう告げると、五人の目が丸くなりすぐに引き締まる。

「い、イェリネッタに……」

「戦争中ですから、それは覚悟の上です」

それぞれがバラバラに返事をした。とはいえ、ネガティブな意見は出なかったようだ。そんな皆の表情を見返して満足とともに首肯する。

「……イェリネッタ王国内の海岸線に向かって侵攻していき、最低でも四か所の大きな街や城塞都市を攻略して、最後に王都を陥落させることになるでしょう。その幾つかの街は僕の物になると考えています。それらの新しい街の管理は、最終的には皆さんにお願いする予定です」

皆の反応を見ながら、しっかりと説明していく。話は突拍子もないように感じるだろうが、意外と自信を持って口にしている。

ちなみに、五人の表情はどんどん深刻なものへと変わっていった。

「あ、言っておくけど、別に僕が頭おかしくなったわけじゃないからね？」

不安に思ってそう言ってみたが、五人は想像以上に慌てて首や手を左右に振る。

「そ、そのようなことは……」

処罰される前の罪人のような雰囲気で否定する五人。否定の言葉を聞きながら、軽く笑って肩を竦《すく》める。

「まぁ、大国を相手に新参の男爵が何を、といった感じだけどね。僕としては他の人に負けない情熱があるんだ。そう、カレーライスを食べるまでは、誰にも負けられない」

最後の方は小さく呟いたため、五人はキョトンとしていた。そんな五人の状況を無視して話を続ける。

「……そんなわけで、これからセアト村の人口を増やすための活動を実施していきます。その中に代官になれる人や騎士団の団長になれる人がいたら、生まれも種族も関係なく登用していく予定です。まぁ、一番大切なのは人柄ですね。誠実で真面目な方であることが第一条件として選任していきます。なので、皆さんも後輩に追い抜かれないように一生懸命努力をしてください」

そう告げると、五人は表情を引き締めて背筋を伸ばした。


【エミーラ】

ヴァン様と久しぶりに直接会話することが出来た。セアト村に来て最初に一人ずつ簡単な挨拶をした時以来だ。

奴隷になった当時は、父が亡くなりコーミィ家が没落してしまったことや、家族のために身売りしたことで未来が失われたような気持ちになり、絶望していた。檻に入れられて家畜のような食事を与えられる環境も影響していたのかもしれない。

他の檻に入っていた奴隷からは、奴隷市場で目玉として売られる奴隷だから優遇されていると言われたが、とてもそうとは思えなかった。セアト村に連れていかれる途中で他の奴隷から話を聞くとその感覚も大きく変化したが、その当時は自分が最も惨めな存在に違いないと嘆いていたのだ。

奴隷という存在は、それぞれの価値を残酷なまでにハッキリと示されてしまう。その結果、私の値段は金貨四枚というものだった。奴隷としては高額らしいが、それでも深く傷ついてしまう。ベルランゴ商会によって買われた時も、まとめ買いといった内容に近いものだった。まるで食事用のパンを多めに買うように、私は買われたのだ。もう自尊心など砕け散ってしまったと思っていたのだが、どうやら一欠片《ひとかけら》程度の自尊心があったらしい。泣くのを我慢するのが大変だったのを覚えている。

私がどれだけ重い罪を犯してしまったというのか。私はどこまで惨めになれば赦《ゆる》されるのだろうか。

そんなことをグルグルと考えている内に、気が付けばセアト村に到着しており、ヴァン様と対面していた。

僅か八歳の男の子。ただ、貴族らしい品の良い落ち着いた子。それが最初の印象だった。しかし、話を聞いていく内にそんな印象はすぐに消え去った。

どんな人生を歩めば八歳程度の子が領主として未来を見据え、行動に移せるというのか。エスパーダ様とディー様が最高の教育を施しているのだろうとは思ったが、それでも信じられない。ヴァン様は今後セアト村を強く、豊かにしていくと話し、更に住民の生活の質について保障してくれた。新しく村に来た住民は殆《ほと》んど資産などを持ち合わせていないため、当面の衣食住も用意されていた。

何もかもが信じられなかった。奴隷になる前は豊かな街で生まれ育ったはずなのに、まるで比べ物にならない暮らし、生活水準である。

そして、ヴァン様は常に有言実行してきた。大国イェリネッタ王国との戦いに参戦するといった時はどうなるかと思ったが、本当に誰一人死なずに帰ってきた。それどころか、聞いた話によるとヴァン様の力が勝利に大きく貢献したという。

騎士の家で育ったからか、その話を聞いてこれまで以上にヴァン様への忠誠心が芽生えたのを感じていた。これまで以上に努力を重ね、必ずやヴァン様の力にならねばならない。そう思っていた。

しかし、それで終わりではなかったのだ。

約一年経《た》って、九歳になったヴァン様と会話する機会が得られた。他の村人達は度々ヴァン様と世間話をするような機会もあったようだが、我々はエスパーダ様に直接教育を受けていたため、そんな時間も無かった。

ともかく、お目通りするのは久しぶりだったのだ。

その久しぶりに会うヴァン様だが、何か以前と様子が違っていた。一年経って背が伸びたとか、そういうことではない。

そう、目つきが違ったのだ。力強く、強い意志を感じさせる目だ。そして、ヴァン様は「我が国に侵攻してきたイェリネッタ王国に攻め入る」と明言された。

つまり、祖国を守るために強大な敵を相手に挑む、ということだ。

それを聞いて私は身震いしてしまった。誰彼構わず我が主人のことを自慢して回りたくなった。高鳴る胸の鼓動を感じながら、胸の前で右手の拳を握り込む。

「……そうか。私は、ヴァン様に仕えるために今まで生きてきたのだ」

陳腐かもしれないが、そんな運命を感じた。それを自覚してから、まるで初めて色が入ったかのように世界が輝いて見えたのだった。

第六章 ✿ 人材は大切

さて、人口を増やして管理職になれる人材を確保しようとは思うが、中々簡単ではない。近くの町村を巡ってセアト村を推薦しても良いが、各領地を治める貴族から激しく恨まれるだろう。

では、どうするか。

「ベルランゴ商会に依頼しようか」

そう呟《つぶや》くと、エスパーダが頷《うなず》いた。

「それが適任でしょう」

合格だったらしい。内心、ホッとしながら答える。

「ふふん。まずは王都や各地方の大きな都市に行ってもらって、出稼ぎしたい人を募集しよう！仕事は数種類用意して、給料は王都の水準よりも高めに設定する！　同時に冒険者ギルドにも護衛やダンジョン調査の依頼を出しておく！　そうすれば、セアト村って凄《すご》く豊かな場所なんだろうなー、凄いなーってなるよね？　後は傭兵《ようへい》にも大型の依頼を出してみよう！　お金がかかる有名な傭兵団とかが動けば、それだけでも凄い宣伝効果があるからね！」

ウキウキしながらアイディアを披露する。さぁ、エスパーダよ。存分に褒めるが良い！

そう思ってエスパーダを見る。しかし、エスパーダはとても冷静な表情で僕を見た。

「……すでにベルランゴ商会によって王都やフェルティオ侯爵領ではセアト村の宣伝や職人の募集などは行っております。また、冒険者ギルドへの依頼も出しております。報告書を見て……」

「あー！　見た見た！　それね!?　知ってるーっ！」

エスパーダの台詞《せりふ》を遮り、全力で知ってるフリをする。あくまで自然に演技をしてバレないようにしなければ、待っているのは恐怖の勉強時間二倍だ。僕は額から流れる冷や汗を華麗に拭き取り、ニヒルな笑顔を向けた。

「そんなことは百も承知だよ!?　僕が言っているのは、他の大きな街でも宣伝しようって意味！あと、ベルランゴ商会にはまた奴隷の購入をしてもらおうかな！　真面目な人であれば僕の領地には仕事がいっぱいあるし！」

そう答えるとエスパーダはしばらく目を細めてこちらを見ていたが、やがて浅く息を吐いて視線を逸《そ》らした。

「……まぁ、良いでしょう。それでは、そちらの手配もしておきましょう。ところで、予算はどれほどをお考えで？」

来た、キラーパス。エスパーダの問いかけに、長年培ったエスパーダレーダーが反応した。これは、報告書を見ていたら白金貨何枚くらいかな、みたいな回答が出来たのだろうが、今は正直言ってセアト村の財政を全く覚えていない。だって戦争へ参加したり城塞都市を修復したり改造したり色々あったんだもん。

だが、そんな理由では勉強の鬼《エスパーダ》は納得してくれない。

「……そうだね。前に買った時は、若くて元気な奴隷百五十人くらいだと白金貨三枚ぐらい掛かるって話だったよね。それなら、今回は白金貨十枚で買ってきてもらおうかな」

少しぼかしつつ、明確な数字を口にする。これにはエスパーダも片方の眉を上げて一瞬動きを止めた。数秒もの間沈黙して、ようやく返事をする。

「なるほど。セアト村の資産ならばその三倍は出しても良いかと思いますが、何故《なぜ》白金貨十枚に？」

「そりゃあ、あんまり大人数が同時に入居すると教育や住居を整えるのも大変だからね。それに、奴隷市場でそんな買い方をしていたら変な目で見られそうだし、奴隷市場側も困るだろうしね。定期的にそこそこ買うくらいが良いと思うよ」

さも色々と考えてましたといった顔で答えてみた。すると、エスパーダは表情を僅かに緩めて頷いた。

「なるほど。深いお考えがあったということですね。それならば何も言いません。ところで、陳情が上がっていた騎士団用の装備補充に関してですが……」

それからたっぷり二時間後、ようやく解放されて逃げるように領主の館を脱出することができた。

「……っ、疲れたぁ」

背中を丸めて溜《た》め息《いき》を吐《つ》きながら歩く。それを見て、ティルとアルテが苦笑しながら口を開いた。

「お疲れさまでした」

「でも、領主としてのお仕事をきちんとされていて凄いと思います。私はエスパーダ様とのお話も半分ほどしか分かりませんでしたから」

そんな風に言う二人に曖昧に笑い返す。アルテの年齢なら半分も分かれば十分だと思うが、それを年下の僕が言えば嫌味になりそうだ。そんなことを思いながら、改めてセアト村の風景を見回す。

エスパーダの進言もあり、かなり広い敷地を城壁で囲っている。そのため、今は土地が余りまくっているが、今後のことを考えるとギリギリの面積になりそうだ。流石《さすが》はエスパーダ。慧眼《けいがん》である。

「この通りにはまだまだ飲食や服飾、雑貨とかの店が並んでほしいし、市場や屋台通りみたいなのも欲しいよね。鍛冶屋はドワーフの炉の周囲に集めるとして、大工や商会の倉庫、後はお洒落《しやれ》な住宅地と公園かな。他には何かあるかな？」

歩きながら頭の中でセアト村の完成図を想像して口にする。もはや村という呼び方をすると文句を言われそうなレベルだが、ここまできたら最後までセアト村はセアト村で通したい。

と、僕の呟きを聞いていたアルテが片手を挙げた。

「治療院は不要でしょうか？」

「あ、それは必要だね。忘れてた」

笑いながら同意すると、今度はティルが片手を挙げる。

「はい！　図書館が欲しいです！」

「なるほど。教育とかはどうしようかな？　やっぱり、教育施設が必要だよね。文字と四則演算だけでも教えた方が良いかな。そうじゃないと本も読めないし」

「え？　普通の住民達《たち》もですか？」

「え？　村人全員だよ」

ティルの質問に真顔で返事をした。すると、アルテが一人で首を傾《かし》げ、ティルとカムシンは顔を見合わせる。その様子を見て、ふとこの国の常識を思い出した。

この国では貴族は家庭教師を雇い、準貴族である騎士や商人などの子が塾に近い形で教育を受けることが出来た。しかし、そういった教育を行える者は必然的に恵まれた生まれの者が多いため、金銭感覚の違いから費用も高い。

結果として、貧乏な者は教育も受けることが出来ないのが普通だった。

まぁ、中には商人見習いになったりして教育を受ける機会を得る者もいるが、稀《まれ》である。

「……地球でも識字率の低い国はあるし、そんなものかもしれないな」

国の教育制度を憂うというより、全員が教育を受けられる環境が恵まれ過ぎていると考えるべきだろう。特にこの世界ではそれが顕著な気がする。

とはいえ、住民の教育指数が高ければ高いほど発展しやすい筈《はず》だ。

「教師になれる人を探さないとね。とはいえ、セアト村もエスパ町も人手が足りないくらいだからなぁ。やっぱり、新しく来る人達から選ぶしかないかな」

ぶつぶつ言いながら、最低でも必要になる家族用の住宅や独身者用の集合住宅などを作っていく。

すると、アルテから不思議そうな声が聞こえてきた。

「……あの、ヴァン様?」

「ん？　なんだい？」

振り向いて聞き返すと、アルテが出来たばかりの家を指差して首を傾げた。

「その、最近建物を建てることが多いせいか、凄く速くなっていませんか？」

「ん？」

アルテの言葉を聞き、周囲を軽く確認する。そういえば、一時間ほどで何軒も家が出来ているではないか。

武器もそうだが、建物も気がつけば製作時間が削減されていたようだ。

簡単に自分自身の魔術について分析しつつ、アルテと同じく興味津々といった表情のティル、カムシンを見た。

「頭の中に自然と設計図が思い浮かんだり細部まで想像出来るようになると、段々と作るのが速くなるんだよね。だから最近だと武器だけじゃなくて建物も得意になったね。城塞都市ムルシアを作る時は城壁とかに時間掛かったから、そっちはまだしっかりした想像が出来てないのかな？」

分析しながらの発言だったため曖昧な部分が多かったが、三人は成程と頷いた。

「普通、町やお城を作るって何年も掛かりますからね」

「ヴァン様、あんまり張り切るとまた陛下から無理難題が……」

「流石です、ヴァン様！」

三者三様の反応。手放しで褒めてくれるのはカムシンだけである。しかし、ティルの言う通り、目立ち過ぎてもまずいだろうか。

「……でも、頭の中にある設計図の完成度が重要な気がするし、しばらく作らないでいるとどんどん遅くなっちゃいそうなんだよね。出来るだけ色んなものを作っておいた方が今後の為《ため》にはなりそうなんだけど」

口の中で小さくそう呟き、今後の村作りについて頭を悩ませる。

さぁ、ここからどれだけ人口を増やせるか。それ次第でイェリネッタ王国の攻略速度が決まるだろう。

【ヤルド】

十七歳となり、ヤルドは約一年ぶりに侯爵家の館へと帰ってきた。ヴァンが辺境の村送りになって三ヶ月後、ヤルドとセストは内政や自領の管理を学ぶため、それぞれ大きな街の代官として勉強していたのだ。

侯爵としては、末弟のヴァンだけを外に出したのが噂《うわさ》になりつつあったため、悪い噂が立たないように次男や三男も街の代官という任に就かせ、長男は当主補佐としてそれぞれ厳しく育てているといった体裁を整えただけである。

だが、十代半ばという貴族として大切な時期に代官として外に出されたヤルドは、内心大いに焦っていた。

当主候補の一人であり、火の魔術適性を持つヤルドとセストは四人兄弟の中でも有力なはずである。だというのに、何故自分が当主補佐ではなく、ただの街の管理者などにならなくてはならないのか。

戦いの場に出てばかりのジャルパはいつ死ぬか分からない。だからこそ、当主補佐という立場が大切だ。

ヤルドはそう考えていた。

ヴァンのいるセアト村とは反対のフェルティオ侯爵領の南側で代官をしていたヤルドの耳にも、ヴァンが男爵になったことやイェリネッタ王国との戦いがあったことなどは届いていたが、ヤルドはそれを大きなチャンスと捉えていた。

　現当主から早急に戻れと連絡を受けて、ヤルドは今度こそ当主補佐として力を見せつける時だと喜び勇んで帰り、ジャルパの前に立ったのだった。

「父上！　ヤルド・ガイ・フェルティオ、只今《ただいま》帰着しました！」

　ヤルドがそう言って顔を上げると、ジャルパはいつもの仏頂面で浅く頷く。

「……代官として街を治めてみて、どう感じた」

　そのシンプルな問いかけに、ヤルドの表情が変わる。

「……領主として街をどう統治するのか。どう利益を出し、どう発展させていくのか。十分に学ぶことが出来ました。今後は更に侯爵家を盤石なものとするために、戦いの場にも出て己の力を試していきたいと思っています」

　真剣な表情でそう語るヤルドを、ジャルパは目を細めて観察するように眺めた。ヤルドとセストには経験豊富な補佐官を付けており、その補佐官のやり方を学ぶだけの一年だったことをジャルパは知っていた。更に、代官として着任した街自体も平和で経済的に豊かな場所ばかりである。はっきり言って、真面目に過ごしてさえいれば必ず成果を出すことが出来る環境であると言えた。

　しかし、補佐官として付けていた人物からの報告では、ヤルドとセストは至って真面目に領主をしていた、という内容のみである。それを文面通りに受け取るほど、ジャルパは甘くない。将来当主になるかもしれない子らの評価を現在の当主であるジャルパ侯爵に報告するのだ。どうあっても下手なことは書けないだろう。逆に、少しでも良い話があれば大袈裟《おおげさ》に脚色してでも報告したいはずだ。

ところが、約一年足らずとはいえ、二人を派遣した街の状況は派遣前と大きな変化も無く、何かが発展したという話も無い。ただ、補佐官より真面目に代官として働いていたという内容だけである。

それをジャルパは怠惰に過ごした結果だと判断した。

じろりとねめつけるようにヤルドの顔を見て、小さく溜め息を吐く。

「……ヴァンは、お前が一年間街を管理していただけの間に、成体の竜を討伐して男爵となり、更には村を城塞都市にまで発展させ、戦で功まで挙げてみせた。兄として恥ずかしくはないのか」

ジャルパがそう告げると、ヤルドは途端に顔を引き攣《つ》らせた。

「い、いや、それは恐らく、フェルディナット伯爵の助力を得てのものでしょう。噂ではフェルディナット伯爵の娘がヴァンの領地に住んでいると聞きます。ヴァンは伯爵家の手先となったに違いありません。伯爵家の力を借りて竜を倒し、領地を発展させたのでしょう。そんなやり方であれば俺だって……」

大した魔術の適性も無い九歳の末弟がそんなことを出来るわけがない。そんな先入観からヤルドはフェルディナット伯爵の介入を疑っていた。

当初はジャルパも今のヤルドと同様のことを考えていた。しかし、ヴァンの魔術を目の前で見てしまった後では、ヤルドの推測など妄想程度にしか感じられなかった。

「馬鹿なことを言うな。陛下が直接ヴァンの領地を訪ねてお認めになったのだ。フェルディナットが絡んでいれば陛下を騙《だま》すようなことは絶対にしないだろう。そもそも、普通のやり方で成体の竜を討伐しようと思えば、装備を整えた二、三千人の騎士団と一流の四元素魔術師数名が必要だ。そんなことを堂々としていれば陛下にはすぐにバレる」

ジャルパがはっきりとそう告げると、ヤルドは何か反論しようと口を動かしたが、結局言葉は出てこなかった。

まさか、ジャルパがヴァンを認めているともとれる発言をするとは思っておらず、ヤルドは混乱しながら状況を理解しようと努める。ただ叱責するために呼んだのではないか、そんなことを考え出した頃、ジャルパが溜め息を吐いて口を開いた。

「……つい先月、イェリネッタ王国の重要な拠点を陥落させた。聞いているか」

「は、はい！　流石は父上と……」

ヤルドが恐る恐る答えると、ジャルパは眉間に皺《しわ》を寄せて顎を引く。

「そうか……その拠点を、ヴァンが管理することとなった」

ジャルパが答えると、ヤルドは目を瞬かせて固まり、すぐに声を荒らげた。

「そ、そんな馬鹿な!?　そんな重要な拠点を、十にも満たない子供に任せるわけが……!?」

驚きに目を見開いてヤルドが信じられないと言った。ジャルパも同意するように頷き、鼻を鳴らす。

「その拠点を奪う際に主力となって戦った者達は自領に戻ったが、すぐに戦力を整えて次の戦に備えることとなった。それ故、ヴァンの協力者として他の子爵以下有象無象が残っている筈だ。だが、そこに我が侯爵家に忠誠を誓う者どもの騎士団は紛れ込ませることが出来なかった」

「……そんな下級貴族だけで拠点を守らせるとは、陛下は何をお考えなのか」

ヤルドが悔しそうにつぶやく。それにジャルパは肩を竦《すく》めて首を左右に振る。

「下級貴族であれど一ヶ月か二ヶ月程度なら防衛出来るだろうとのご判断に違いあるまい。多少犠牲になったところで王国の損害は知れているからな。だが、何も手を打たないのも面白くない。それ故、侯爵家よりムルシアを派遣して協力するように伝えてある」

ジャルパがそう答えると、ヤルドはハッとして顔を上げた。

「……なるほど。それでは、もし何かあった時は兄上が指揮を執って侯爵家として功を挙げるということですね」

「その通りだ。しかし、我がフェルティオ侯爵家は戦いの場でこそ価値を示してきた。恐らく、陛下は今の勢いですぐにイェリネッタ王国の領土を削り取りに行かれるだろう。その時こそ、我が侯爵家の真価を発揮する時だ。そのために、お前とセストを呼び戻したのだ」

ジャルパはそう言って、ヤルドを見据える。実際にはムルシアは陛下の命令でヴァンに協力しているのだが、何故かその部分は侯爵家にとって都合の良い内容に変えて説明していた。

そういった事情を知らないヤルドは、ジャルパの言葉をそのまま受け取り、当主候補としての試験と捉えた。

「承知しました。セストと共に侯爵家の名を知らしめて参ります」

ヤルドは獰猛《どうもう》な笑みを浮かべ、そう言ったのだった。


【ヤルド】

侯爵家の騎士団の内、三千人を預かることが出来た。更に、武具や行軍のための物資を揃《そろ》えている内に、セストも合流する。

「セスト！　久しぶりだな！」

「……久しぶりだね、ヤルド兄さん」

挨拶早々、セストが暗い表情をしていることに気が付いた。心なしか声も重い。

「なんだ、何かあったのか？」

尋ねると、セストが眉間に皺を寄せて溜め息を吐いた。少し背が伸びたように見えるが、今は猫背気味になっているせいで小さく見えてしまう。

セストは眉を情けなく歪《ゆが》めて頷いた。

「……父上に叱られました。自由に使える金がこんなにあると思って遊んでたら、街の税収を二倍にしても賄えなくなったと言われて……」

「はっはっは！　馬鹿だな。フェルティオ侯爵家ってだけでどんな商会も優遇してくれるんだぞ？　晩餐会《ばんさんかい》でも開けば子爵以下の貴族だって勝手に儲け話《もうばなし》を持ってくるんだ。まぁ、やっちまったものは仕方ないから、税収を五割上げて商会連中に儲け話を探してもらうんだな」

セストの失敗談に笑いながら、ヤルドは優しくどう処理したら良いか教えてあげた。ヤルドにとって、兄のムルシアは当主候補の有力なライバルだが、セストは後々に自分の右腕になると思い、大事にしていた。

セストが誘惑に弱く、優柔不断な性格もヤルドにとってはライバルになりえないとして好ましく感じている。

ウジウジしているセストを見て笑いながら、手元に広げていた地図に視線を落とす。

ヤルドは先ほどまで騎士団の指揮官を集めて執務室で会議をしていた。地理や相手の戦力の確認が主だったが、ヤルドはもう歴戦の猛者にでもなったかのような気分で地図を指差した。

「セスト。ここがスクデットだ。そして、先の戦いで奪ったイェリネッタの要塞が此処《ここ》。海岸沿いにもう一つ拠点はあるが、こっちからは簡単には攻め込まれない。我方が地形的に優位だからな。何より、この要塞を奪い取ったことが明らかに攻守を逆転させた」

ヤルドが聞き齧《かじ》った内容を告げると、セストは曖昧に頷いて答える。

「……この、要塞を陥落させたから？」

よく分かっていないそうなセストを見て、ヤルドが肩を揺すって笑った。

「分からないか？　イェリネッタ側の立場になって考えろよ。もし更に侵攻されたらどうなる？」

ヤルドはそう言いながら地図の上を指していた人差し指を横にスライドさせる。セストはそれを目で追って、ハッとした顔になった。

「あ……孤立する。つまり、挟撃されて籠城することになって、補給も来なくなるってことか」

「その通りだ」

セストの回答にヤルドが満足そうに頷く。つい先程聞いたばかりの話だというのに、ヤルドは先生にでもなったかのような気分で口を開いた。

「つまり、イェリネッタはこの要塞を取り返さないと、攻めるに攻められない。それくらいの要所というわけだ。逆にこちらは此処を軸に攻めるべきだが、放っておいたらイェリネッタが次々に兵を送り込んでくるだろう。なにせ、三方向にイェリネッタの街や要塞があるからな。補給もしやすい状況だ」

「成る程……それじゃあ、またすぐにイェリネッタに攻め込むってことだね？」

セストが意図を汲《く》んで答えると、ヤルドが不敵に笑う。

「そうだ。だからこそ、いつでも戦いに赴けるように準備をしなくてはならない。与えられた騎士団には最高の装備と潤沢な兵站《へいたん》を。そして、余力があれば全て傭兵団や冒険者を雇って戦力に充てる」

ヤルドが腕を組んでそう告げる。それにセストは情けない表情で俯《うつむ》いた。

「あ、僕はお金が無くなっちゃったから、準備が……」

セストが顔色を変えながら呟く。それにヤルドは歯を見せて笑った。

「はっはっは！　安心しろ！　先の勝ち戦があればいくらでも金を借りられる！　商会から金を借りて準備しておけ！　今度の戦は武功を挙げる良い機会だからな。出し惜しみして敗走なんぞするんじゃないぞ？」

「わ、分かったよ」

ヤルドの言葉に、力強く頷いてセストが答える。

新たな領土を得る戦いは、大きな武功を挙げるチャンスである。どの貴族も成り上がる機会と捉えて準備をしていて、物価も傭兵団への依頼料も高騰していた。物によってはいくらお金を出しても手に入らない物も出てくる頃である。

いくらフェルティオ侯爵家とはいえ、どれほど商会や傭兵団が忖度《そんたく》したとしても予想以上の出費となることだろう。

だが、勝利を疑っていないヤルドは金を惜しむつもりもない。結局、ヤルドは有り金を使い切るだけでなく、多額の借金をして戦争の準備を整えたのだった。

【ヴァン】

「はーい、最新の機械弓だよー」

「ヴァン様！　もう人数分行き届いてます！」

どかどかと新しい装甲馬車《ウォーワゴン》に機械弓と矢を積んでいくカムシン。ヴァンは後ろで椅子に座った状態で武具を加工し続けている。そして、延々と武具が補給されて困るロウ。

珍しい形で混乱する現場に、騎士団の面々が苦笑しながら装備の確認を行う。

「ヴァン様がまた新しい機械弓を作ったってよ」

「戦う相手が可哀想《かわいそう》になるな」

そんなことを言って笑う騎士団員達だが、その目には確かにヴァンへの信頼があった。既に防具も全てウッドブロックとミスリルを組み合わせたハイブリッドタイプに変更されている。つい先日ヴァンが開発した新作の防具は、軽くて柔軟性もありつつ要所はミスリルで覆ってあり、高い防御性能を誇っていた。

なにせ、これまで使っていた防具なども再利用できるため、素材は潤沢である。そのため、ヴァンは暇があれば新しい武具や馬車を作って実験を繰り返していた。馬車にはもうサスペンションも付き、車輪はタイヤとして最適な魔獣の革を利用してあり、世界屈指の乗り心地となっている。

また、騎士団は訓練を兼ねて魔獣狩りに勤《いそ》しみ、住民で手が空いたものは保存食を作って遠征の準備を手伝ってくれていた。こうして、ヴァンは特に費用をかけることもなく、戦いの準備を整えていく。

「ヴァン様！　移民希望の人が来ております！」

「はーい！　健康状態はどうかな？　お腹減《なか》ってそうなら先に食事とお風呂を案内してあげてー」

「承知しました！」

見張りの兵からセアト村を訪ねてきた人がいると聞くと、ヴァンは慣れた様子で対応した。兵もそれを聞いて当たり前のように頷き、城門の方へと戻っていく。毎週のように移民希望者が来るセアト村では、見慣れた光景であり当たり前の風景だった。

だが、それを見て最近来た元奴隷の住民や冒険者、行商人達は驚いてしまう。

「……本当、この村は不思議だな」

「そうだな。突然村によそ者が来たってのに、あんなに親身になってくれる騎士団も貴族もいないだろうさ」

「いや、ヴァン様は特殊だからな」

そんな会話が聞こえてきて、ヴァンは思わず振り向く。

「特殊って言い方、なんか語弊があるような……」

移民からはこの世の楽園かと評される村の領主は、特殊というカテゴリを嫌がったという。

第七章 ★ 準備完了

【パナメラ】

王都に陛下が戻られて一ヶ月足らず。僅かな間に騎士団の再編成を終え陛下が出立されたと報告が入った。早馬は昼夜問わず、馬を替えながら報告に来たため、時間的には余裕があるだろう。

「こちらの準備はどうだ？」

騎士団長に確認すると、自信のある笑みが返ってきた。

「はっ！　新たに増強した団員もあわせて五百名が準備を完了しております！　兵站《へいたん》も同様です！」

「ふむ。移動に二週間。途中でセアト村に寄って、そこで物資の補給も出来るな」

報告を聞いて、頷《うなず》きながら答える。ヴァンからバリスタと機械弓を購入してからというもの、盗賊団の壊滅から大型魔獣の討伐まで今までとは比べ物にならないほど楽にこなしている。結果、大きな損害もなく様々な宝物や希少素材を手に入れており、高額なヴァンの矢を補充しても十分賄えるほど儲《もう》かっていた。

「よし、報奨について聞かれていたからな。そろそろ領地を求めても良いだろう」

そう呟《つぶや》くと、騎士団長は表情を引き締める。どうやら、まだまだ慎重なようだ。

貴族というものは案外厄介なもので、様々なしがらみが存在する。筆頭は上級貴族間の派閥問題だろう。上級貴族の人数はここ十数年変化が無い。王位継承権を手放した王族は別として、侯爵と伯爵が王都に四人、各地方に二人から三人といった形だ。各領主は国王の代わりに王国の領土を守るという形で領地を預かっている。その中でも、過去に多くの武功を挙げてきた侯爵や伯爵はその力に応じて広い領地を治めており、非常時には相応の権限も与えられている。

つまり、もし何かが起きた際には、上級貴族が自己判断で周囲の下級貴族を動かすことが出来るのだ。その際に領地持ちの貴族は多少の発言権を持つが、領地を持たぬ私のような貴族には実質発言権は無い。

特に、今回のように戦争が関われば上級貴族の命令を無視するだけで国家反逆罪に問われる恐れもある。

それ故に、下級貴族達《たち》は上級貴族の顔色を常に窺《うかが》い、隙あらば自らが取って代わろうと狙っていた。それはこのパナメラも同様である。

「肥え太った中年どもの指示で命を懸けるなぞお断りだ」

小さくそう呟き、自らの手のひらに視線を落とした。貴族の端くれでありながら、剣を振り回した結果、手は随分と節くれだった気がする。その手を握り締めて拳を作り、自らの顔の前に挙げた。

「私は私の力でのし上がる。使い捨ての駒になどなってたまるか」

そう言って口の端を上げると、騎士団長がフッと息を漏らすように笑った。

「その心意気は素晴らしいことと存じます。しかし、パナメラ様が領地を得ても、恐らくすぐ近くにあのフェルティオ侯爵がいることでしょうな。一筋縄ではいきませんぞ？」

領地を持てば嫌でも目立つし、フェルディナット伯爵家の派閥に入っている私に対して、侯爵の当たりが激しくなることだろう。

なんなら、今度の戦いで厳しい局面で前に出されてしまう可能性もある。出る杭《くい》は打っておくのが貴族の常識だ。騎士団長もそれを心配してのことだろう。

それを理解した上で、私は鼻を鳴らして答える。

「いずれ顎で使ってやるさ。私を信じろ」

そう言って微笑《ほほえ》むと、騎士団長は一瞬目を瞬かせたが、すぐに噴き出すように笑った。

「はっはっは！　それはそれは……もとより、我々はパナメラ様に忠誠を誓った身。どうぞその野心を叶《かな》えるために使い潰してくだされ」

「良く言った」

騎士団長の粋な返答に笑みを深めて、頷く。

さぁ、合戦だ。この戦いで、どこまでのし上がれるか決まるだろう。

【フェルディナット伯爵】

「……陛下が出立されたか」

報告を聞き、腰を上げる。

「……次の戦いは大きな戦いなのでしょう？　大丈夫ですか？」

妻にそう言われて、顎を引いて息を吐く。

「次の戦いは明確に相手の領地内を突き進んでいく、十数年ぶりの侵攻だ。相手は守りを固め、罠《わな》も仕掛けていることだろう。対して、我がフェルディナット伯爵家は先の戦いで最も大きな損害を出してしまった。次の戦いに備えるための余力はない……だが、伯爵家存続のためには必ず参加せざるを得ないのだ。そして、結果もな」

溜《た》め息《いき》混じりにそう告げると、妻は眉間に皺《しわ》を寄せて俯《うつむ》いた。そして、何処《どこ》か恥ずかしそうに口を開く。

「……その、戦場ではヴァン男爵もいらっしゃるのでしょう？　男爵の武具はとても優れていると仰《おっしゃ》っていましたが、そちらを借り受けることは出来ないのでしょうか……今は、男爵の下に娘も預けておりますので……」

妻がそんなことを言いだして、思わず怒鳴りそうになった。だが、その想《おも》いを察して踏みとどまる。軽く深呼吸して、冷静に口を開いた。

「……伯爵家が新興貴族に助力を求めるなぞ出来るものか。そもそも、娘を送り出したのは同盟のためではない。順序を間違えてはならん」

それだけ言って、私は窓の外から城下町の方角を見た。夕陽《ゆうひ》で赤く染まった街は、心なしか活気がなくなってしまったように感じる。その光景に深く溜め息を吐《つ》き、拳を握る。

「私の力が及ばず、伯爵家は勢いを失いつつある……だが、今回の戦いは大きな機会だ」

そう口にすると、妻は眉尻を下げて俯いた。

「……分かりました」

妻の返事を聞いて頷く。伯爵家当主となってもう長いのだが、これだけ妻を不安にさせてしまっていることが情けなく、腹立たしい。

今度こそ、自らの力を命がけで示さねばならない時だ。

対して、自らの家を興したばかりで勢いがあるとはいえ、ヴァンの功績の数々は末恐ろしい。あれだけのバリスタや機械弓を作れる魔術があることも大きな要因だが、的確な使い方をするからこその成果だろう。

それに瞬く間に砦《とりで》を作り上げることが出来るというのも陛下に重用される要素となる。今後、イェリネッタ王国の領土へ歩を進めていけば、間違いなく相手側の方が有利な状況が発生する。地形面や補給面、兵の運用においてもそうだ。イェリネッタ王国の砦や要塞を奪ったとしても、それを上手《うま》く扱えるかは疑問が残る。

行軍の最中に襲われれば大敗を喫することもあり得るのだ。

「……どう考えても今後はヴァン男爵の武功が最も多くなる。ならば、狙うは第二功、三功だが、あのフェルティオ侯爵を出し抜く必要があるな」

呟いて、あの傲慢な男の顔が思い浮かび、辟易《へきえき》してしまう。苛烈極まる性格でありながら、冷徹なまでに戦いを支配する見事な戦術眼を持っている。正直、同じ戦力で野戦を挑めば十回のうち八回は負けてしまうだろう。

そのフェルティオ侯爵を出し抜くには、先に敵の拠点の城門を打ち破るか、敵の将軍級の首を挙げるしかないだろう。そういった戦い方ならば、ヴァンでも参加は出来ない筈《はず》だ。

と、そんなことを考えていると、妻が以前に言っていた言葉を思い出した。

「……そういえば、我が伯爵領が攻め込まれた時、恐ろしい騎士がイェリネッタ軍を打ち砕いたと言っていたな」

そう尋ねると、妻は深刻な顔で首肯する。

「は、はい……情けないことに私は直接見ることが出来なかったのですが、我がフェルディナット伯爵家の旗を掲げた一団から、銀色の全身鎧《よろい》を着た騎士二人がイェリネッタ王国の軍を真っ二つに切り裂いたと……」

「英雄譚《たん》としても、まるで下手な冗談のような話だ。重い全身鎧を着けて戦うのは簡単なことではない。それも、千の騎士団の只中《ただなか》を一騎駆けするだけでも決死の覚悟を以《もっ》て行うというのに、イェリネッタ王国の軍は一万にもなろうという大軍だったという……予測でしかないが、やはりその騎十二人は人間ではあるまい」

　そう告げて息を吐く。すると、妻が俯いて懺悔《ざんげ》でもするかのように表情を暗くした。

「……昔、アルテが私に魔術で人形を操ってみせたことがあります。その時は、卑しい魔術と評される傀儡《くぐつ》の魔術の適性だったことに怒り、苛立《いらだ》ちをぶつけてしまいました……」

　妻がそう言って涙を堪《こら》えるように唇を噛《か》むのを横目に見てから、外へ視線を向けた。

「……以前、ヴァン男爵に会った時に説教されたよ。アルテの心に刻まれた傷はもう完全に治ることは無い。だが、少しでも癒すことは出来るはずだ。だから、アルテの話を聞いてやってくれ、とな」

　呟いてから、細く長い息を吐く。

「もう遅いのかもしれないが、君が母としてアルテに謝りたいと言うのならば、いつかセアト村に連れていっても良い」

　そう告げて振り向くと、妻は声を押し殺して泣きだしたのだった。


　ようやく追加の住宅も建ち、公園なども整備出来た。図書館は本が足りず延期しているが、二階建ての学校と病院は完成している。

ちなみに僕がそれらを建てていく間に一軒だけ、セアト村にある唯一の大工屋さんが住宅を建ててくれたのだが、中々良い感じだった。手作り感もありつつ、十分な完成度だ。これなら、二ヶ月に一軒ほどのペースで建ててもらうことも出来るだろう。

安定して建物を建ててもらえば大工さんの技術向上が見込めるし、大工希望の住民も増える。農地、商会、鍛冶屋、宿屋、飲食店などは既にある。木材や石材、金属などの素材は冒険者に依頼しているので問題ない。今後はそこに教員や医師、看護師といった職業が増えるはずだ。

後は、縫製を行う衣服屋なども無いが、それは後々だろうか。

「……ともあれ、セアト村も立派になってきたなぁ」

出来たばかりの公園のベンチに座り、そっと呟く。

「ヴァン様ー？　何か仰いましたかー？」

と、僕の呟く姿が目に入ったのか、カムシンが少し離れた場所から声を掛けてきた。顔を上げると、出来たばかりのブランコで遊ぶカムシンの姿が目に入る。カムシンは真面目な顔でこちらを見ているが、それなりの勢いでブランコを漕《こ》ぎ続けている。

初めてのブランコは相当面白いのだろう。そっとアルテもブランコを漕いでいるのだが、こちらは素直に楽しそうな表情をしている。

ちなみに、ティルは二人がブランコで遊んでいるのを心底羨ましそうに眺めていた。ティルはこの前十九歳になったはずなのだが、何故《なぜ》そんなに遊びたそうにしているのか。いや、童心に返りたくなる時もあるだろうけども。

そんなことを考えながら公園を満喫する三人を眺めていると、城門の方から例の如《ごと》く騎士団の若人が報告に来た。

「ヴァン様ー！　騎士団がいっぱい……って、何ですかコレ!?」

「あぁ、もう陛下が到着したかな？　まぁ、イェリネッタへ再侵攻するなら早ければ早い方が良いからね」

セアト村に騎士団が現れたと聞き、すぐに陛下が動かれたんだな、と察する。

「いやいやいや、ヴァン様？　その見たことのない庭園はいったい……？」

「ん？　あぁ、遊具のことかな？　遊具は子供用だから遊んじゃダメだよ。十八歳までね」

遊具のある公園を庭園と呼ぶことに違和感を覚えつつ、遊具について回答しておいた。すると、団員と一緒に何故かティルまでショックを受けて固まってしまう。

二人がこの世の終わりのような顔をしてこちらを見てくるので、苦笑混じりにルール変更することにした。

「じゃあ、十九歳にしようか。二十歳からは禁止ってことで良いかな」

「よし！」

「良かった！」

僕の言葉に、二人は目を輝かせて喜びの声をあげた。まぁ、喜んでもらえてなにより、と思って良いのだろうか。

「……あ、誰か来たんだったよね。忘れてた」

ふと、団員の報告を思い出してベンチから腰を上げる。すると、報告に来た団員も同様にハッとした顔になって頷いた。

「あ、そうでした！　騎士団は最低でも数千人！　多ければ一万人ほどの大人数です！」

「おお、大人数」

報告に改めて頷き、アルテやカムシンのブランコを中断してもらう。後ろ髪を引かれるような態度でついてくる三人に笑いつつ、僕達は城門まで向かった。

辿《たど》り着くと、すぐに陛下御用達《ごようたし》の見事な馬車が目に入る。

「おお、ヴァン男爵！　久しぶり、というほどでもないな！」

「ようこそ、陛下。お元気そうで何よりです」

ご機嫌な様子の陛下が挨拶をしながら馬車から降りてこられた。馬に乗った騎士はともかく、徒歩で来たであろう周りの兵士達が疲労感を漂わせているため、かなりの速度で行軍してきたのだろうと推測できた。

僕の視線に気づいて、陛下は笑いながら自らの騎士団を顎でしゃくった。

「このセアト村を出るのは二週間後ほどになるだろう。その間、王都騎士団の精鋭達を休ませてやってくれ。後列には途中で一緒になった他の騎士団もおるからな。何とか休める場を提供してもらえると助かる。ああ、食料もそれなりに必要になるだろうが、備蓄はあるか？」

「はい、大丈夫ですよ。最短なら二週間以内にイェリネッタ王国へ攻め込むかと思っていたので、十分過ぎるほど備蓄はしております」

そう答えると、陛下は眉根を寄せて片方の口の端を上げた。

「……ほう？　それは、どうしてだ？」

「え？　相手国の領地に踏み入って重要拠点を陥落させたんですから、相手からしたら即座に奪還したいところですよね。逆に、攻める方からしたら相手が一部の犠牲を諦めて完全に守勢に入る前に、出来るだけ敵の奥深くまで攻め込んでおきたいところだと思います。双方の立場を考えて、再び攻めるなら陛下がセアト村に残られ、各貴族を使って王国軍の再編を急ぐという手段もあるかと。正規の騎士団はともかく、農民からなる兵士達は少々可哀想《かわいそう》ですが、たとえ報奨を増やしてでも遠征期間を延ばす形ですね。それくらい、今は時間が大切かと思っていました」

何となくでそう答えると、陛下は愉悦を噛み殺すような不思議な表情でこちらを見た。もしかして、間違えただろうか？　ヴァン君は十歳にもなってないんだから、許してくれるよね？

若干不安になりながら陛下を見ていると、息を漏らすような笑い声が返ってきた。

「ふ、これが子供の考えることか？　素晴らしい戦の才能だな。とはいえ、流石《さすが》にまだ経験が足りない。ある程度の人数ならば相手に考える時間を与えずに攻め込んでいくという戦法もとれる。しかし、数万人同士の戦いを連続して行うというのは現実的ではない。特に、ウルフスブルグ山脈を通らなくてはならない場合などは、な」

そう言う陛下に、成程と頷いて返事をする。

「なるほど。確かに、何万人もいたら大変でしょうね」

長期間遠征が続いたら、ストレスは物凄《ものすご》いだろう。陛下としてはそういった部分も考えておられるに違いない。

ウルフスブルグ山脈に街道を作ったので、兵站の補給問題は比較的問題無いはずである。なにせ、ベルランゴ商会だけでなくメアリ商会と商業ギルドも定期的に行商に来るセアト村が補給地点なのだ。物資については後から後から補給することが可能である。

なんなら、僕さえ出向けば武器や防具類も現地で新品となるし、冒険者達と機械弓部隊がいれば常に大型魔獣の肉を食べることが出来るだろう。やはり、問題はストレスに違いない。

そんなことを思って頷いていると、また城壁の方から見張りをしていた団員が走ってくる。

「ヴァン様！　ベルランゴ商会のベルさんが戻りました！　何故か、商業ギルドのアポロ様もご一緒です！」

「え？　アポロさんが？」

報告を聞き、驚いて聞き返す。一方、陛下は当たり前のように頷いた。

「ふむ、商業ギルドか。遅かったな」

そう呟く陛下に目を向けると、フッと息を吐くように笑って僕を見る。

「途中で、商業ギルドとベルランゴ商会の一団と一緒になったが、すぐに置いていったからな」

「あ、そうだったんですか……って、最低でも何千人規模で移動してるのに、よくそんなに早く……」

陛下の言葉に呆《あき》れてしまったが、当の本人は僕が驚いたのが嬉《うれ》しかったのか、歯を見せて笑った。

「はっはっは！　行軍訓練に余念の無い我が騎士団を侮ってもらっては困るな。さて、商業ギルドの者が何の用件でヴァン男爵に会いに来たのか。同席しても構わないだろうな？」

と、陛下は半ば強制的なコメントを口にした。それにはいくら天才ヴァン君であっても苦笑いで頷くより他ないだろう。


妙にテンションの高い陛下を引き連れて、城門で待つアポロの下《もと》へ向かう。

城門に着くと、そこには大型の馬車が十数台も並んでおり、広めにとっておいたメインストリートがパンパンになっている。馬車の周囲には冒険者達がこれまた数十人と並んでいるため、有名観光地も真っ青な人口密度だ。

どうやら陛下が連れてきた騎士団は城門より外で待ってくれているらしい。それでも我がセアト村のメインストリートがパンパンなのだから恐ろしい限りだ。

「あ、ヴァン様！」

と、商団《キャラバン》の中からベルが声を上げた。その後ろにはアポロの姿もある。

「お帰りー」

手を振りながら出迎えに行くと、アポロが少し驚いたような顔をして、すぐに片膝をついて頭を下げた。それを見て、ベルも初めて僕の後ろに陛下が立っていると気が付く。

「し、失礼いたしました！」

二人が平伏したのを見て、他の冒険者達も顔を見合わせつつ同じように片膝をついて姿勢を低くしていく。

僕が頭を下げられているようで偉い人になったような気分になるが、陛下がスタンドのように背後にいるからである。そう思って振り返ると、陛下が鷹揚《おうよう》に頷いて片手を振った。

「良い。楽にせよ」

陛下がそう告げると、アポロが一番に立ち上がる。

「ありがとうございます。それにしても、さすがは精強なスクーデリア王国の騎士団ですね。我々も急いだつもりでしたが、全く追いつけませんでした」

「はっはっは！　そうだろうとも。我らの強みの一つだからな」

大国の王を相手に、アポロは気軽に話しかけて楽しそうに雑談をしてみせる。これにはベルの方が目を白黒させていた。さすがは各国を商売相手とする大組織である。国王相手にも慣れた様子を見せている。

「それで、今日は何の用事でヴァン男爵を訪ねたのだ？」

陛下が尋ねると、アポロは苦笑交じりに僕を見た。

「それが、お恥ずかしい限りですが、ようやく商業ギルドの方針が決まりまして……」

その言葉に首を傾《かし》げていると、陛下が噴き出すように笑って頷いた。

「ほう？　つまり、商業ギルドはイェリネッタ王国を見限ったということだな？」

「いえいえ……ただ、今回はスクーデリア王国との取引に魅力を感じたので、泣く泣くイェリネッタ王国との取引を後回しにさせていただいただけで……」

「はっはっは！　多方に気を遣わないといかんから大変だな！　どうだ、ここだけの話、イェリネッタ王国との取引は後回しではないのだろう？　戦いの為《ため》の物資や武具、調味料などにしても相当な儲けが出るはずだ」

と、アポロの言葉の裏を読む陛下。まぁ、戦争特需という言葉もあるくらいだ。各国に販路を持つ商業ギルドならば右から左に品を流すだけで大儲けとなるのは想像に難くない。

攻め込むスクーデリア王国には兵站に関わる物資を、イェリネッタ王国には武器や防具類などの販売をしているのだろう。

そこまで考えて、黒色玉の存在を思い出した。

「……アポロさん。ちなみに、黒色玉は商業ギルドからイェリネッタ王国へ販売したりしていますか？」

そう尋ねると、アポロは首を左右に振って苦笑する。

「いえいえ、あれに関しては我々も取り扱いをしておりません。残念ながら、あの商品は一国の独占となっておりまして……いまだに製造方法すら不明なままですよ」

アポロがそう答えると、陛下は腕を組んで唸《うな》った。

「それはそうだろう。あのような便利な兵器を他国に知られるわけにはいかん。製造にどれほどの資源と時間が必要なのかは分からないが、数によっては勝敗の決め手にも成り得る」

陛下はそう呟き、目を細める。その言葉に場の緊張感が増した。

そこへ、新たな来訪者が堂々とした態度で入場してくる。

「これはこれは、陛下。遅れてしまい申し訳ありません」

見事な美しい金髪を揺らして現れたのはパナメラだった。一応謝罪の言葉を口にしているが、その目には揺るぎない自信が宿っており、とてもではないが謝罪をしている風には見えない。そのあまりにも堂々とした態度に陛下も苦笑しつつ、首肯を返した。

「ふむ。元々報《しら》せを送ったのは出立する前だったのだ。むしろ、よくこれだけ早くセアト村まで来れたと感心しておるぞ」

「陛下の報せを今か今かとお待ちしておりましたので」

「はっはっは！　流石はパナメラ子爵！　豪気なことだ！」

不敵な笑みを浮かべて返事をするパナメラに陛下は更に上機嫌となる。そのやり取りを横目に、僕はベルの方へ視線を向けた。

「どうだった？」

言葉少なめに確認すると、ベルは若干戸惑いつつも口を開く。

「は、はい。王都だけでなく、大きな街二つを通過して宣伝と奴隷の購入をしております。結果、店を持ちたい商人や騎士になりたい元冒険者、傭兵《ようへい》なども集まりました。奴隷の皆さんと合わせて二百人の移民希望者がおります」

「二百人もいるの？　今度、エスパーダから追加で予算が出るから、またベルランゴ商会には王都まで行ってもらうことになると思う。その時はまたお願いね。それじゃ、とりあえず今はお腹《なか》が空《す》いてそうな人は食事を食べさせてあげようか。後、大浴場に順番に案内してあげて」

「承知しました」

ようやく僕から指示を受けることが出来たベルは、ホッとしたように一礼してその場を去っていった。やはり陛下の御前に立っているのはかなりの重圧だったようだ。

その後ろ姿を見送ってから、パナメラに振り向く。

「パナメラ子爵、お久しぶりです。次の戦いでも頑張ってくださいね」

そう告げると、パナメラはフッと息を漏らすように笑った。

「任せておけ、少年。ちなみに新しい武器はないか？　試作品でも良いぞ」

会って早々に目を輝かせてパナメラは新兵器の催促をしてくる。その子供のような表情に微笑みを返しつつ、頷いて答える。

「色々と考えてはいますが、まだまだ実用段階ではありません。とりあえず、今回は兄のムルシアが参戦しますので、そのための新兵器は準備していますが……」

「おお、それは見てみたいな」

僕の言葉を聞いて更に目を輝かせるパナメラ。その後ろで陛下が軽く咳払《せきばら》いをして、パナメラがハッとした顔になる。

「卿《けい》も着いたばかりだ。立ち話もそのあたりで良かろう」

陛下がそう口にすると、パナメラは恐縮したように姿勢を正して一礼した。まぁ、表情はまったく恐縮していないが、他の者達には礼儀正しく見えたことだろう。

「では、せっかくセアト村に来たのだから大浴場を堪能させてもらうとしようか。ヴァン男爵。領主の館近くの大浴場は使えるか？」

「はい、大丈夫ですよ。うちの騎士に案内させますので、少々お待ちください。カムシン、お願い出来る？」

「はいっ！　すぐに！」

カムシンは良い返事をして素早く城門の警護リーダー的青年を連れてきた。青年はガチガチに緊張しながら深く一礼し、陛下の御前へ移動する。

「こ、ここここ、こちらです！　あ、足元にお気をつけてお進みください！」

「うむ。それでは、ヴァン男爵。外に待たせている騎士達の世話を頼むぞ」

陛下はそう言い残すと、先導する青年の後を意気揚々とついていく。その後ろ姿を見て、パナメラが目を瞬かせて驚いた。

「……あの陛下がここまで緊張感を緩めるとは、驚くべきことだな。それだけ、セアト村の治安を信頼しているということか」

そう言って自らの顎を指でなぞりながら頷くパナメラを見上げて、口を開く。

「あ、パナメラさん。大変申し訳ないんですけど、陛下の騎士団の世話を頼むって言われちゃって……」

「む？　ああ、野営場所を指示すれば良い。あとは、騎士団の指揮官以上が宿泊出来そうなら宿泊施設を案内してやってくれ。もちろん、私はこのセアト村の中で良いだろうな？」

「はい、それは勿論《もちろん》ですが……」

簡単に陛下の言葉の意味を教えてくれたパナメラだが、さっさと大浴場に行きたそうにしている。

それに僕は困ったような表情を向けてみた。

すると、パナメラは珍しそうに首を傾げる。

「……ん？　どうした、少年。珍しくモジモジしてるじゃないか」

そんな疑問に、僕は素直に答えた。

「いや、ディーもエスパーダもいないので、一万人とか騎士団が集まっているなら、パナメラさんにも一緒に来てほしいなー、なんて……」

無骨で不愛想なおじさんばかりの現場に行くのは怖い。そう思ってお願いをしたのだが、パナメラは皿のように目を見開き、こちらを見た。そして、大きな声で笑いだす。

「は、はははははっ！　なんだ、少年!?　騎士団が怖いのか!?　いつもの威勢はどうした！　ディー殿がいなくて急に不安になったか!?」

人前だと言うのに、パナメラは僕のことを指差しながら大笑いしている。それに赤面するのを感じながら、頑張って否定の言葉を口にする。

「い、いや、だって、うちの騎士団と違って他の騎士団って厳《いか》つい人ばっかりじゃないですか。笑顔もないし、目つきも怖いし」

そう答えると、パナメラは更に噴き出し、涙目になるほど笑ったのだった。

今回の遠征は恐らく長期間に及ぶだろう。まだ陛下の計画を聞いていないが、やはり侵攻速度が大事なはずだ。

ならば、協力する貴族達もこれまで以上の規模となるだろう。

せっかく別の地方からも貴族が来るかもしれないなら、セアト村の良さを知ってもらわなくてはならない。

そう思って、さっそく湖畔に温泉施設でも作ろうかと頭の中で図面を描いてみる。何故かアニメ映画で有名な神様も宿泊する温泉施設が思い浮かんだが、構造が全く分からない。

仕方がないので、実際に行ったことのある温泉宿をイメージしてみた。その温泉宿に湖は隣接していなかったが、どうせなら少し湖の上に迫《せ》り出したような形も面白いかもしれない。

二階建てで横に長く作り、一階部分の外側に露天風呂を作ったら良い雰囲気になりそうである。しかし、それほどの規模になると流石に一週間近くかかりそうだ。お湯の供給も足りなくなるに違いない。

「温泉宿は間に合いそうにないから、皆がセアト村から出発したら作ろうかなぁ」

そう呟くと、前を歩くパナメラが横顔を向けて口を開いた。

「なんだ？　やっぱり不安だから陛下に来ていただくか？」

「違いますよ！」

パナメラがにやにや笑いながら弄《いじ》ってきた。頬を膨らませて怒りを露《あら》わにすると、ケラケラと楽しそうに笑った。

完全にいじめっ子になっている。今度から販売する武器の値段を倍にしてやろうか。

どう仕返しをするべきか考える僕に、パナメラは口の端を上げたまま視線を外し、街道の傍《そば》で行列を作る騎士達を見た。そして、息を吸う。

「陛下より指示があった！　これからイェリネッタ王国侵攻のために多くの騎士団が集結する！　その間、このセアト村前で野営を行い、英気を養ってもらいたい！　なお、物資の補給および野営の位置については打ち合わせるため、上級士官以上は全員こちらに集まるように！」

と、パナメラは大音量で号令を発した。陛下の名前もあり、一万にもなる大人数が一斉に指示に従って動き出す。パナメラの声がすごくよく通るのも理由の一つかもしれない。

感心しつつ、パナメラの統率風景を眺める。他の貴族や騎士団長達が揃《そろ》うと、すぐに上位五十人を選別させてセアト村へと赴かせる。野営場所は冒険者の町とセアト村の間なので、魔獣の脅威にも晒《さら》されないだろう。

パナメラの場合は、単純に野営なんだから魔獣への警戒くらい自分達でしろ、というつもりかもしれないが……まぁ、陛下の急な無茶振りには対処できたので良しとしよう。

そんなことを考えていると、パナメラがにやにやしながら振り向いた。

「それで、少年。アルテ嬢とはどこまでいった？」

「はい？」

突然の質問に生返事をして首を傾げる。と、後ろから短い悲鳴が聞こえた。

「ぱ、パナメラ様!?」

リンゴのように顔を真っ赤にしたアルテが声を裏返らせてパナメラの名を呼ぶ。それに噴き出し

ながら、パナメラは僕の背中を叩《たた》いた。

「あははは！　これは何かあったな？　どうだ、少年。図星だろう？」

「え？　パナメラさん、酔ってます？　ちょっと絡むの止《や》めてもらって良いですか？」

ケタケタと笑いながら僕の背中をばしばし叩くパナメラに真顔で文句を言ったのだが、まったく聞いていない。アルテはすでにティルの後ろに隠れてしまっており、パナメラのターゲットは僕だけになってしまっている。

「怒るな、怒るな。ちょっとからかっただけだろう？　そうだ、そろそろ食事にしようじゃないか。是非、二人の話を聞かせてくれ。良い酒の肴《さかな》になりそうだ」

「絶対嫌ですよ。からかう気しかないじゃないですか」

そんなやり取りをしながら、僕達はセアト村に戻ったのだった。


翌日、今度はアルテの父であるフェルディナット伯爵が到着した。前回よりも力を入れているのか、騎士団の人数も多い。

出迎えに行くと、一際大きな馬車からフェルディナットが顔を出した。こちらに気がつくと、すぐに馬車を降りて歩いてくる。

「久しぶりだな、ヴァン卿《きょう》。アルテも、元気だったか?」

どこか辿々《たどたど》しく声を掛けてきたフェルディナットに、笑顔で一礼する。

「お久しぶりです、フェルディナット伯爵」

先に挨拶をすると、少し照れくさそうにアルテも一礼して口を開く。

「お久しぶりです、お父様……ヴァン様のお陰で元気に過ごさせてもらっております」

アルテが挨拶を返すと、フェルディナットは微笑みを浮かべた。

「そうか……ヴァン卿にはどう感謝したら良いか分からないな」

「いいえ、気にしないでください」

フェルディナットの言葉に気楽にするように言う。それが面白かったのか、フェルディナットは肩を揺すって笑った。

「ありがとう。そう言ってくれて助かった。実は、今回の戦いでは誰よりも多くの功を挙げようと思っていたのだ。ヴァン卿にも負けないくらいの活躍をしてみせよう」

と、珍しく戦意の高い発言をしてきた。これは、余程の準備をしてきたのか。

「僕も負けていられませんね。お互い、頑張りましょう」

笑いながらそう答えて、セアト村の奥を指差す。

「それでは、セアト村の中へどうぞ。アルテ、一緒に行ってくれる?」

親子水入らずで会話を……そう思って話を振ると、一瞬アルテの表情が強張《こわば》った。しかし、すぐに意を決したような顔になり、頷く。

「はい。ご案内します」

アルテがそう口にすると、フェルディナットは嬉しそうに微笑んだ。

「……ありがとう。よろしく頼む」

まだまだ自然な親子関係とは言えないながらも、以前よりは比べ物にならないほど二人の関係は良くなったと思う。

貴族との付き合いというのは面倒だと思っていたが、今のところとても順調ではなかろうか。陛下とは仲良し。パナメラ子爵やフェルディナット伯爵とも同盟関係。多分、ベンチュリー伯爵とも今は悪い関係ではないだろう。最初は尊大な態度で高圧的に接してきたピニン子爵達も同様だ。

問題は実家であるフェルティオ侯爵家くらいで、それ以外とは上手くやれている気がする。

フェルディナットとアルテがセアト村へ入っていく姿を眺めながら、僕は腕を組んで一人頷いた。

「……うん、今思えば僕って凄くない？　この前男爵になって家を興したばかりだよ？」

そう呟くと、ティルが嬉しそうに笑う。

「はい。ヴァン様は頑張っておられますから」

ティルのそんなセリフに、カムシンが何度も頷いた。

「ふふふ、冗談だよ。やっぱり慢心しちゃダメだよね。思いあがって調子に乗ると失敗するから、慎重にいかないと」

二人に褒められて気恥ずかしい気持ちになりつつ、己を戒めるためにそう言った。

しかし、内心ではもうスキップしたいくらい嬉しい。周囲の環境が良いと幸福度が高くなるとしたら、僕は世界一幸せに違いない。ティル、カムシン、アルテとは兄弟のように仲が良く、エスパーダやディー、アーブ、ロウとも仲良しだと思う。セアト騎士団やオルト達冒険者とも信頼関係が築けている。

よし、スキップしよう。ヴァン君最高。素敵な領主生活に乾杯。

調子に乗ってそんなことを考えていると、また誰かがセアト村に到着したのか、伝令の団員が手を振りながら走ってきた。

「ヴァン様！　新たに騎士団が到着しました！　フェルティオ侯爵家の旗です！」

「あ、ダディか……ちょっと気分が下がり傾向に……」

もう来たのか。そんな気分で報告を聞く。しかし、団員は微妙な表情で首を傾げる。

「それが、どうも侯爵様はおられないようです。貴族用らしき馬車は二台ありましたが、その両方に一人ずつ乗られており、どちらもかなりお若い方だとか……」

「え？」

団員の報告を聞き、無意識に聞き返していた。大事な戦いの場に、フェルティオ侯爵家の当主以外が出てくるとなると、後はもう血縁者しかありえない。

「……まさか、ヤルド兄さんとセスト兄さん？　こんな大一番を初陣にするつもりなの？」

誰が聞いているかも分からない状況だというのに、反射的に口走ってしまった。それくらい衝撃的なのである。驚く僕を見て、団員は少し躊躇《ためら》いつつも、報告の続きをする。

「また、いつものフェルティオ侯爵家の騎士団の様相とは違い、装備に統一感が無く、雰囲気も冒険者の集団に近い、とのこと」

「それ、傭兵じゃないかな？　え？　どういうこと？」

ついにダディの頭が変になったのか。それとも泥酔した状態で指示でも出したのか。僕の頭は混乱の極みへと陥ったのだった。

せっかく幸せを噛みしめてたのに、まったくなんて親子だ。

第八章 ★ 兄弟の再会

【ヤルド】

急ぎで掻《か》き集めた傭兵達《ようへいたち》の準備が遅々として進まず、予想以上に出立までの時間が掛かってしまった。

そうこうしている内に、父上からは自分よりも先に出立せよとお達しが来る始末。こんなところで悪印象を与えてしまったかもしれない。と、やきもきしながら私兵達に他の準備をさせておき、更に傭兵の装備を整える手助けまで行った。

出費は馬鹿にならない。傭兵を一ヶ月雇えば一人頭大銀貨一枚から三枚程度だろうか。だが、それが百人いれば一ヶ月で大金貨一枚から三枚。千人いればその十倍となるのだ。騎士一人の年収が金貨三枚から四枚が普通であることを考えれば、かなりの出費となる。

それに今回は一ヶ月や二ヶ月で遠征が終わるとは思えない。これでもし大した活躍も出来なければ大赤字だ。

だからこそ、少しでも陛下の印象を良くするために早急に辺境の村へ行く必要がある。

「……ヴァンの領地、か。まさか、あの出来損ないが爵位を持つことになるとはな」

四元素魔術の適性どころか、無能とまでいわれる魔術の適性だった。それを憐《あわ》れんでエスパーダやディーが同行したようだが、その二人の力でどうにか手柄を立てたのだろう。冒険者だか傭兵だかを雇っていたとも聞いている。金銭においても二人から援助を受けたのかもしれない。ディーはもちろんだが、エスパーダも過去には戦場で武功を挙げたことがあると聞く。この二人がいれば、竜を討伐することも可能だろう。結果としてヴァンは辺境の小さな村を救い、竜を討伐した英雄のような扱いを受けることとなった。運が良いと思うが、それも重要なことだ。

しかし、今度の戦いでは戦場を炎で焼き尽くして自らの力を示し、ヤルド・ガイ・フェルティオの存在を知らしめてやる。そんな気持ちで馬車に揺られながら、ヴァンの領地を目指した。

途中の町や村では多少体力の回復が出来たが、長い時間馬車に揺られるのは精神的に疲弊する。セストと話をしていても、お互い徐々に疲労が隠せなくなっていた。

そうこうしていると、ようやく先導する傭兵の方から目的地に着いたと報告が入る。

「ヤルド様ー！　もうすぐ着きます！」

「……くそ。もう少し静かに報告できんのか」

傭兵の粗野な声掛けに苛立《いらだ》ちつつ、馬車の窓から顔を出す。あまりに品の無い言葉遣いに、初日から傭兵団長を怒鳴りつけてやったが、そのおかげで少しはまともになった。頭の痛いことに、今のもまだ良い方である。

しかめっ面で隣の馬車を見ると、似た表情をしたセストと目が合った。

「ようやく到着するみたいだね」

セストがうんざりした様子で呟《つぶや》く。それに頷《うなず》き返して、溜《た》め息《いき》を吐《つ》いた。

「我が侯爵領の広大さを実感することが出来たのは良かった。しかし、これだけ端に追いやられた末弟が憐れにもなるな。才能の違いで待遇が変わるだろうが、それだけ素質無しと判断されたか」

ヴァンの境遇に多少の憐れみと、四元素魔術師である自分との違いに少しの優越感を覚えてそう口にする。と、セストが眉根を寄せて馬車の進む先を見た。

「……ヤルド兄さん、あれは？　まさか……あれが、ヴァンの領地？」

茫然《ぼうぜん》としたような調子でセストにそう言われて、何を言っているのかと顔を上げる。だが、すぐに俺も同じ感情を抱くこととなってしまった。

「……城壁？　まさか、一年余りであれほどの城壁を築いたというのか？」

街道の奥には確かに城壁に囲まれた城塞都市が見える。規模は小さいが、それでも優に千人以上は暮らせる立派なものだ。城壁の上には兵士の姿も見え、周囲への警戒もきちんとされているようだった。

「やはり、ディーとエスパーダが動いているようだな。しかし、どれだけ金を掛けたというのか」

努めて冷静にそう呟いたが、内心はかなり動揺していた。自分が代官を務めていた街はヴァンの領地から遠く、父の下へ戻って初めてヴァンの最近の噂《うわさ》を耳にすることが出来たのだが、それは荒唐無稽な噂だと切り捨てていた。

なにせ、ヴァンは魔術で家を建て、武器を作ったという。その力でヴァンの領地は大きく発展したらしい。

馬鹿な。そんな魔術は聞いたことがない。生産系の魔術なのは間違いないが、歴史上そんな生産系の魔術師などいなかったではないか。

噂を聞いた俺は、そう言って気にも留めなかったのだ。

だが、目の前にはとても一年余りで作れるとは思えない城塞都市があった。近づけば見上げるような城門が威圧的なまでの存在感を放っている。

「……あまり、見たことのない建築様式だな」

「そ、そうだね……それにしても、大きいな」

気圧《けお》されてしまわないように気軽な調子で話しかけたが、セストの方は動揺を隠せていなかった。

そうこうしていると、城壁の上から声が掛かる。

「フェルティオ侯爵家の方々とお見受けいたしますが、間違いありませんか?」

若い女の声だ。それを意外に思いながら、先頭を行く騎士団長が返答する。我らがフェルティオ家の者であるということだけでなく、俺やセストも来ていると伝えた。結果、すぐに城門は開かれたのだが、即時入城とはいかなかった。

「なに？　代表者十名まで、だと?」

「申し訳ありません。まだまだ多くの騎士団が到着の予定ですので」

そう言われて、門の奥の景色を睨《にら》むように眺める。門が開かれた瞬間、王都かと見紛《みまが》うほど発展していた街並みに虚を突かれたが、確かに広さはそれほどではない。

「兄さん、仕方ないさ。敷地が足りないよ」

半笑いでセストにそう言われて、鼻を鳴らして頷く。

「あぁ、そうだな。いや、貧相な村をよくぞここまで、と言うべきか」

強がって返事をしつつ、街の中へ入る。セストの言葉通り、豪華絢爛《ごうかけんらん》かつ見上げるような建物ばかりだが、敷地は決して広くない。多くて千人ほどが住める程度だろうか。いや、建物が三階建て以上のものばかりだから、もう少し人数は住めるかもしれない。

しかし、そうだとしても自分達が代官として統治していた街よりも小さいだろう。流通といった面でも不利に違いない。

そう思ってホッとしながら街の景色を眺めて歩いていると、何故《なぜ》か反対側の城門へと案内された。

「……なぜ、街の外へ出ようとする？」

「も、もしかして、僕達を追い出すつもりじゃないだろうな」

門の前に立たされたので、二人で案内している兵に文句を言う。すると、兵は不思議そうな表情をしてこちらを見返し、何かを思い出したように頷いた。

「ああ、説明不足で申し訳ありません。ここはまだセアト村ではありません。あまりにもセアト村を訪れる冒険者が増えたので、ヴァン様が新たに作られた冒険者専用の町です」

「……は？」

兵の説明の意味が分からず、思わず生返事をして首を傾《かし》げる。冒険者専用の町など聞いたことも無い。いったい、この者は何を言っているのか。

セストと顔を見合わせて混乱する頭で言葉の意味を考える。

「開門！」

その間に、城門が開かれて街の外の景色が目の前に広がった。

「……な、なんだ、あれは……」

「……まさか、あれが、ヴァンの……？」

現れたのは、この街よりも大きく、立派な城塞都市の姿だった。


【セスト】

金が無い。以前はそんなことで悩んだこともなかったが、代官をすると嫌でも意識するようになった。

最初は莫大《ばくだい》な予算を見て、こんなに使うことが出来るのかと喜んでいたのに、何故無くなる前に言ってくれないのか。

気が付けば、増税では間に合わないほどの金額が必要になっていた。領主代行として街で管理している財を売り払い、訓練と称して騎士団の遠征を繰り返し、盗賊団や魔獣を討伐して金を稼いだ。

だが、それでも到底補塡などできなかった。

これからどうしようかと頭を抱えている時、このイェリネッタ王国侵攻の話が来たのだ。

「借金をしてでも、戦力を揃《そろ》えろ」

ヤルドにそう言われて、成る程と頷いた。それと同時に、これで助かるぞ、とも思った。

すぐさま補佐官に連絡して、これまでの赤字や借金は全てこの日の為《ため》であったように、帳簿の内容を改竄《かいざん》するように指示した。ちょうど良いことに騎士団の遠征の記録もある。

そして、それでも足りない分は傭兵を雇う費用ということで誤魔化すことにする。ヤルドが多くの傭兵を雇っているようだから、常に一緒に行動していればバレないだろう。

色々と不安ながらも、そうやって戦いに参加することにした。

道中は大した苦労も無かった。自堕落な生活に慣れきっていたため、質素な食事や馬車内での睡眠がキツかったくらいだ。

それよりも、他国との戦争という大きな戦いに参加する方が不安である。ヤルドは武功を挙げると躍起になっているが、そんなに簡単なものではないだろう。

盗賊団程度を相手にしても何人も騎士が死ぬのだ。中型の魔獣でも同様だ。

それなのに、まずウルフスブルグ山脈を踏破しなければイェリネッタ王国に辿《たど》り着かないという。

馬鹿じゃないのか。何故、大型の魔獣ばかりが生息するという魔の山を通り抜けるのか。

口にすれば不敬罪で首を斬られるだろうから実際に言うことはないが、どう考えてもまともではない。

ヤルドの自慢話を聞き流しつつ、そんなことを考えて道中を過ごした。

そして、ようやく第一の目的地であるヴァンの領地へと辿り着く。吹けば飛ぶような貧困の村だと聞いていたが、どれほどのものか。

ヴァンが男爵など、悪い冗談に違いない。そう思っていたというのに、実際にヴァンの領地を見て最初に感じたのは、信じられないという気持ちだった。

「……ヤルド兄さん、あれは？　まさか……あれが、ヴァンの領地？」

何かの間違いではないのか。そう思って尋ねたが、ヤルドも目を見開いて驚いていた。

「……城壁？　まさか、一年余りであれほどの城壁を築いたというのか？」

その言葉に、改めて目の前に聳《そび》える城壁を見る。堅牢《けんろう》を絵に描いたような見事な城壁だ。城門も悠然としており、装飾の一つ一つまで手が行き届いている。

道を間違えたんじゃないかと思いつつ、ヤルドと会話をしながら城門をくぐった。元が辺境の小さな村だったという話通り狭い敷地であり、自分が代官をしていた街と比べて内心ホッとする。

「……なぜ、街の外へ出ようとする？」

だが、何故か街から出るような形になって、ヤルドと一緒に抗議した。

「も、もしかして、僕達を追い出すつもりじゃないだろうな」

二人でそう言ったが、案内の兵士は何でもないような態度で口を開いた。

「ああ、説明不足で申し訳ありません。ここはまだセアト村ではありません。あまりにもセアト村を訪れる冒険者が増えたので、ヴァン様が新たに作られた冒険者専用の町です」

「……は？」

兵士の言葉にヤルドが間の抜けた声を出す。いったい何を言っているのか。そう思っている間に、城門は開かれた。

そして、城門の向こうに新たな城塞都市が現れて、我々はついに言葉を失った。

なにせ、視線の先には独特な形ながら、明らかに一万人以上が暮らすことの出来る城塞都市の姿があったからだ。綺麗《きれい》に整えられた街道の左右には王都の騎士団らしき兵士達が野営をしていた。

何千人もの精鋭の視線を感じながら、城塞都市までの道を進む。まるで騎士団に連行されているような気分になっていると、ようやく城塞都市の城門前にたどり着いた。

まるで切り立った山のようだ。背の高い城壁や城門を見上げて、そんな風に感じた。だが、目の前には小川が流れており、まだ城門の間近に来たわけではない。

「開門！　橋を降ろせ！」

兵士が声を掛けると、すぐに橋が降りてきた。どうやら、城門と思っていた長方形の板は跳ね橋だったようだ。橋の裏面になるはずなのに、精巧な彫刻がされており、遠目からは城門にしか見えない。

橋が降り、門が開かれる。

「セアト村へようこそ。ヴァン様がお待ちです」

門が開かれると同時に騎士を連れたメイドが現れて、そんなことを言った。それにヤルドが不機嫌そうに顔を顰《しか》める。

「なに？　兄を出迎えもせずに歩かせるのか？」

苛立ちとともに文句を口にはしたが、その声は隣にいても聞き取れないほど小さい。弟だろうとヴァンは男爵になったと聞いているのだから、あまり公の場で批判はし難《にく》い。

仕方なく、二人とも無言で先導するメイドの後に続いた。

どこかで見たことのあるメイドだ。そんなことを考えながら歩いていると、メイドが左右に立ち並ぶ建物を指し示しながら口を開く。

「ヤルド様、セスト様は初めてセアト村に来訪されましたので、簡単に村の説明をさせていただきます」

そう前置きして、メイドは村のことを話した。

曰《いわ》く、冒険者ギルドやメアリ商会だけでなく、商業ギルドまで取引しているという。また、ウルフスブルグ山脈の麓の森にダンジョンが見つかり、常に千人以上の冒険者が滞在しているため、希少な魔獣の素材が手に入りやすい。更に驚くべきことに、村にはドワーフが住み着き、ドワーフの炉もあるそうだ。

それらの情報に、流石《さすが》にヤルドも声を上げた。

「ば、馬鹿な……！　わずか一年と数ヶ月でそんなことがありえるものか！」

怒鳴るヤルドに、消極的に同意する。

「……辺境の村に追い出されたと思っていたけど、そうじゃなさそうだね。多分、ドワーフ族が住んでいると分かったから、王国の総力をもって発展させたんだと思う。だから、商業ギルドも取引対象にしたんだよ」

そう告げると、ヤルドが深く頷いた。

「そ、そうだ。そうに違いない。ヴァンめ、信じられないほど幸運だな。ドワーフ族など、俺でも見たことないぞ」

ヤルドがそう言って笑うと、メイドの目が鋭くなる。いや、その周りの騎士も同様だ。

「な、なんだ？　違うとでも言うつもりか」

睨み返してヤルドが低い声を出すと、線の細いメイドが臆することもなく口を開いた。

「……ヴァン様が最初にこの村に着いた時、村は盗賊団に襲われていました。領地を守るために、自ら剣を持って戦われたのです。ドラゴンが襲来した時も同様に、最後尾でドラゴンの足止めをするエスパーダ様を命懸けで連れ帰られました。決して幸運などではなく、ヴァン様だからこそ村は大きく、強くなったのです」

メイドは目に涙さえ浮かべてヴァンの努力を語る。我らを侯爵家の代表と理解してのことだろう。

よく見れば、指先は細かく震えていた。

「ぶ、無礼な物言いをするな！　メイドの分際で……！」

ヤルドが怒鳴りながら詰め寄ろうとすると、メイドは肩を竦《すく》めて怯《おび》えながらも、一歩も引かなかった。

そこへ、子供の声が響き渡る。

「うわぁ！　ヤルド兄さんとセスト兄さん!?　お久しぶりです！　お元気でしたか？」

緊張感の欠片《かけら》もない大声に、流石のヤルドも毒気を抜かれてしまった。二人揃って顔を上げて、メイドの後方を見る。

道の向こうから十人程度の人影がこちらに向かってくるのが見えた。

真ん中の子供はヴァンだ。少し背が伸びたように感じるが、他は特に変わっていない。後ろの人物は誰か分からなかった。てっきりエスパーダとディーが側《そば》にいるものと思っていたが、二人の姿は見当たらない。

「……ヴァン。メイドをしっかり教育しておけよ」

やっとか、といった様子でヤルドがそう告げると、メイドの肩がビクリと跳ねた。途端に不安そうになるメイドの背中に手を添えて、ヴァンが前に出てくる。

「すみません。ティルは僕のことを幼少の頃からみてくれていたので感情が先立ってしまったようです。普段はとっても素晴らしいメイドさんですよ。おっちょこちょいだけど」

笑いながらヴァンがそう答えると、ティルと呼ばれたメイドが照れたように俯《うつむ》いた。それが気に入らなかったのか、ヤルドは面白くなさそうな表情で口を開く。

「……久しぶりだな、ヴァン。セストと領地を見せてもらったが、中々の発展ぶりじゃないか。まぁ、まだ我らの街よりも規模は小さいが、活気があって治安も良さそうだ。とはいえ、俺ならもっと大きく発展させていただろうがな」

ヤルドはそう口にして肩を竦めてみせた。それに、ヴァンの後ろに並ぶ男女達が呆《あき》れたような顔をしている。

いや、ちょっと待て。なんだ、あの豪華な衣装は……戦場に赴くとは思えないような高価な生地、細かな装飾。まるで、我が父上のような豪華な作りだ。まさか、上級貴族の当主達か？

しかし、それならばいくら自領とはいえヴァンが引き連れて歩くみたいな構図はおかしい。ヴァンは爵位を得たとはいえ、まだまだ男爵の筈《はず》だ。それとも、ヴァンが子供ゆえに無礼も許されているということか。

どちらにせよ、下手をしたら自分よりも立場が上の相手である可能性が高い以上、こちらから挨拶をした方が良いだろう。

そう思い、ヤルドの隣から顔を出してヴァンに小声で話しかける。

「……ヴァン、後ろの方々を紹介してくれ」

そう告げると、初めてヤルドもヴァンの後ろに並ぶ男女の顔や衣装の違和感に気がついた。

「む。確かに……」

ヤルドが小さな声で同意の言葉を口にする。それが聞こえたのか、ヴァンは小さく苦笑しながら一歩横に動いて後ろの人物達と我々を対面させるような構図にした。

「まず中央のナイスミドルな御方《おかた》が、我らがディーノ・エン・ツォーラ・ベルリネート国王陛下。次に隣にいらっしゃる美しくも力強い淑女がパナメラ・カレラ・カイエン子爵。次に……」

ヴァンが一人ずつ肩書きとともに紹介していく。だが、声は聞こえているが頭の中にあまり入ってこない。

何せ、最初に軽く紹介した人物が国王陛下だと言うのだ。後の人物も爵位を持つ者が多かったが、陛下の後に紹介されても存在が霞《かす》んでしまう。

「……最後に、こちらが料理上手で優しい超有能メイドのティル。そして、今や騎士団でも屈指の腕前になりつつあるかもしれないカムシンです」

全員の紹介を終えてから、ヴァンが微笑《ほほえ》みつつ我々の反応を待った。

「あ……も、申し遅れました。私は、フェルティオ侯爵家のヤルド・ガイ・フェルティオと申します。これは弟のセスト・エレ・フェルティオです。この度は、フェルティオ侯爵家の代表として我ら二人が参陣致しました」

ヤルドがしどろもどろになりながら自己紹介をして、ついでに自分まで紹介されたため、流れで一緒に一礼しておく。

陛下は苦い物を食べたような顔をしてから我々の顔を順番に眺めて、首を僅かに傾げた。

「……ふむ。イェリネッタ王国領土への侵攻だというのに、侯爵が本人ではなく子を派遣するとは珍しい。それこそフェルティオ卿《きょう》の実力を発揮する最高の機会であろう。まさかお前達の方がもう父よりも実力が上である、などとは言うまい？」

陛下が口の端を上げてそう尋ねると、ヤルドが困ったような笑みを浮かべて首を左右に振る。

「いえ、まだまだそこまでは……しかし、いずれは父をも超え、侯爵家を更に盛り立てていけたら、と」

自信に溢《あふ》れた顔でヤルドはそう答えた。陛下がどう受け取ったのかは不明だが、とりあえず先に侯爵家として勘違いされないように答えておかないといけない。

仕方なく、ヤルドの隣で代理として口を開いた。

「あ、あの……父、フェルティオ侯爵は、しばらくしたらこちらに参ると、思います。その、戦力を更に増強しなくてはならない、と、判断しまして……」

自分なりに頑張って状況を説明してみたが、陛下の表情は変わらなかった。少し不満そうに我々を眺めてから溜め息を吐く。

「まぁ良い。それで、先程少し気になることを言っておったな。そう、ヤルドだったか？　確か、この町を、自分ならもっと発展させることが出来る、だったか」

陛下がそう口にすると、ヤルドは大きく頷いた。

「勿論《もちろん》です。この地にかなりの労働者と資材を提供されたようですが、私ならばこのような奇抜な街の形状にはしないでしょう。確かに見た目の迫力は中々のものがありますが、効率的に町を運営するならば現在の主流となっている城塞都市の方が優れています。また、奴隷の姿があまり見当たりません。奴隷を効率的に使うことは大きな利益に繫《つな》がります」

ヤルドが自信を滲《にじ》ませながらそんなことを言う。それに内心焦りながら陛下の様子を窺《うかが》った。本当に、何も考えずに発言するのは止《や》めてほしいところだ。これだけ人と金を掛けて街を発展させているのならば、もしかしたら陛下の主導で行われた可能性もある。つまり、この街の形状だって陛下のご発案かもしれないのだ。

だが、どうやら陛下の案を馬鹿にするような危険な事態にはならずに済んだらしい。陛下は無表情で成程と納得したように頷いていた。

「ふむ、我が国の一般的な街の形状と統治が最も優れている、と言いたいわけだな？　これが一年前ならば、私もそのように思ったことだろう。しかし、残念ながらこのヴァン男爵の領地は我が王国の一般的な城塞都市よりも遥《はる》かに強固だ。更に恐るべきは、この領地は誰からの力も借りずにヴァン男爵がこれだけ発展させた、ということだ。その事実を理解してから、改めてヴァン男爵の領地を見て回ると良い。必ず、お前達の良い学びとなることだろう」

陛下にそう言われて、思わずヤルドと共にヴァンの顔を見る。ヴァンは嬉《うれ》しそうに胸を張って立っていた。

これだけの城塞都市を、ヴァンが？
ありえない。不可能だ。そもそもヴァンは大した私財も持っておらず、期間は僅か一年と数ヶ月しかない。どうやって、こんな都市を建設するというのか。人も金も資材も膨大な量が必要となるのは容易に想像がつく。

ヤルドもそう思っただろうが、陛下のお言葉に逆らうわけにもいかず、ただ静かに「承知しました」とだけ答えたのだった。

ヤルドとセストは不服そうでありながらも、不承不承陛下の言葉に同意した。

その後、ヤルドとセストがセアト村の中を見学するというので、セアト騎士団の団員を二人付けて見送った。陛下が村の中をまだ見て回りたいと言われるので、ヤルド達とは別行動することにしたのだ。

ちなみに、ヤルド達の宿泊先は準備しているので問題はないだろう。てっきりマイダディが一番に来ると思ったので、良い部屋を用意していたが、仕方あるまい。せっかくだから豪華な宿に泊まって大いに驚いてもらうとしよう。

そんなことを思いながら城壁の上に上がると、陛下がセアト村の中を見下ろして口を開いた。

「訪れる度に男爵の領地は新しいものが出来ているな。卿《けい》のことだ。もう次の計画などもしているのだろう？」

そう言われて、僕は街道の方向へと目を向ける。釣られるようにしてその場にいた皆が僕の視線を追った。

城壁の下には川の水が流れ込む堀があり、その堀はセアト村奥にある湖へと通じている。そして、その湖の奥から水が流れ出るようになっており、少々遠回りはするが元々の河川の下流へと戻るようにしていた。

その川の上流に目を向けて、指で川の流れをなぞるように指し示す。

「幾つか考えていますが、一つはこの川を使って物流を良く出来ないか、ということですね。ただ、運河にするには川の幅が小さいので、荷を載せる小舟を何艘《なんそう》か繋いで引けたら重量のある荷も一度に運べます。後は、せっかくドワーフの職人さん達が村に住んでくれるようになったので、武具以外の部分も作れるようになると良いと思っています。例えば、目の悪い人のための視力矯正用眼鏡や、より精確に姿を反射する鏡。ああ、楽器なども良いですね。賑《にぎ》やかな音楽がある町はとても魅力的だと思います」

物流や、生活環境の向上。娯楽の提供といった部分に着目して未来のセアト村について語る。何人かが唖然《あぜん》とした顔をしていたが、無茶な未来図に聞こえただろうか。いやいや、理想を語ることで文句を言われたところで気にする必要はない。

必ず実現してみせるのだから問題ないのである。

そんなことを思っていると、パナメラが不敵な笑みを浮かべて城壁の上のバリスタを指差す。

「もう新しい兵器の開発はしていないのか？」

その言葉に、腕を組んで唸《うな》った。

「う～ん……一応、考えてはいるんですが、材料が足りないんですよね。もし想定通りのものが出来上がれば、このバリスタの十倍は強力な兵器になる予定ですが」

溜め息混じりにそう告げると、陛下が目を皿のように見開き、目を瞬かせた後噴き出すように笑いだした。

「はっ！　はっはっはっ！　全く、とんでも無いな！　よくもまぁ、そんなに多岐にわたって思考をすることが出来るものだ！」

愉快そうに肩を揺する陛下に、他の貴族達は警戒するような目で僕を見た。どうやら、僕が陛下に気に入られていると判断しての警戒らしい。こんなに無邪気な少年を何故警戒するというのか。

「いや、少年の作りだす兵器は恐ろしいまでの性能だからな。陛下だけでなく私も楽しみにしている。とはいえ、今はイェリネッタ王国への侵攻という重要な作戦を決行中だからな。既存の武器類で良いから、出来るだけ多くの武器を供給してもらいたい」

パナメラがそう言うと、陛下も頷いてウルフスブルグ山脈の方角を見た。

「……確かにな。今は出来るだけ急ぐ必要がある。今のところ優勢とはいえ、相手はドラゴンを使役し、黒色玉なる新兵器で強力な攻撃をしてくるのだ。油断はならん」

目を鋭く細めつつ、陛下がそう呟く。すると、それを聞いていた他の貴族が不安そうに眉根を寄せて僕を見た。

「ヴァン男爵……噂では、イェリネッタは黒色玉を超える新たな兵器を出してきたという。それはいったいどのようなものだろうか？　報告書には目を通したのだが、中々想像が難しいのだ」

その質問に、皆の視線が集まってきた。どうやら、例の原始的な大砲について聞きたいらしい。

まぁ、原始的とはいってもその威力、効果については十分過ぎるほどの脅威である。

ただ、命中率はかなり低い筈だ。巨大な城壁を狙って何発か発射し、ようやく一発当たるかどうかだろう。そんな状況でも、発射時の轟音《ごうおん》や着弾時の衝撃は兵士達の心を折るに違いない。馬なども臆病な性格だから大いに混乱するだろう。

特に、魔術師は脅威と判断するに違いない。使い方次第だが、強力な魔術師を保有することの優位性が崩れてしまうのだから。

と、余計なことを考える前に陛下の質問に答えなくてはならない。そう思い、頭を軽く左右に振って口を開く。

「そうですね。僕が考えていた兵器も似たような仕組みを利用するつもりですが、まずはイェリネッタ王国の新兵器からご説明します」

そう言ってから、陛下の前に木を使って模型を作成する。形はちゃんとイェリネッタの使う大砲と同じものだ。急に模型が出来て驚いたのか、ざわざわと騒ぐ声が陛下の後ろから聞こえてきた。

「ふむ、思ったより大きくないのだな」

陛下は冷静にウッドブロック製の大砲を観察して感想を述べる。それに頷きつつ、僕はバリスタを指差す。

「バリスタは弦の長さと素材が大切になります。同じく、投石器なども加速する時間を得るために大きくなってしまう傾向にありますね。しかし、この新兵器は違います。この筒の中に大量の黒色玉を入れ、次に鉄球などの飛ばしたいものを入れます。そして、中の黒色玉を爆発させる……これにより、恐ろしい速度と威力の球が射出される、という兵器です。なので、耐久力さえあるならば小さくても問題はありません」

簡単に大砲の原理について解説する。陛下はとても興味を持ったらしく、大砲の筒を覗《のぞ》き込んで頷いた。

「この筒の穴と同じ大きさの鉄球を飛ばす、ということか。それはかなりの威力になるだろうな。とはいえ、それだけであれば卿の作ったバリスタの方が遥かに脅威的に思えるな」

陛下にそう言っていただけて、素直に喜ぶ。自分で作ったバリスタが大砲よりも優れていると評価してもらえたのだ。嬉しくないわけがない。

しかし、残念ながら現実はそう簡単なことではない。

「……正直に言えば、今この瞬間ならイェリネッタ王国の扱う新兵器よりも僕のバリスタの方があらゆる面で優れているでしょう。しかし、この新兵器はまだまだ進化する余地があります。対して、バリスタは数を増やしたり、大型化する以外の方向性が見つけられません」

そう答えると、陛下は真剣な表情で大砲を睨んだ。

「……この兵器は、より進化するということか。いずれは、ヴァン男爵のバリスタをも超えると踏んでいるわけだな？」

素早く僕の説明を理解し、脅威についても把握してみせる陛下。流石である。普通は、見たこともない兵器を見せられて更に未来の話などされても頭が追い付かないだろう。

陛下の言葉に頷き返し、試しに想定していたヴァン君特製超最強ロマン砲を隣に建造してみた。材料は木材しかなかったため、今すぐ使えるわけではないが、クレイモデルのようなものだと思えば中々優秀なはずだ。

木材は素早くウッドブロックへと変化し、更に砲台の土台を形成。次に左右へ旋回する仮の機構と、上下の角度調整をするギア部分。最後に命中率を上げる為に三メートル以上の長大な砲身を設置した。正解か分からないが、砲身内部には螺旋状《らせんじょう》の溝もあり、砲弾が回転しながら射出されるようにしている。

突如として巨大なヴァン君特製超最強ロマン砲が出来上がり、その場にいた全員の目が皿のように見開かれた。

「試しに作成しましたが、これならば火薬の調合次第で遥か遠くに撃つことができ、なおかつ命中率も高いものとなるでしょう。つまり、魔術師が防ぐことの出来ない遠距離攻撃の完成となります」

第九章 ✦ それぞれの状況

「まったく……ヴァン男爵には驚かされてばかりで悔しいな」

とても悔しそうには見えない顔で陛下はそんな感想を口にする。上機嫌な様子の陛下は、その後も大砲について色々と聞いてきたので、自分なりに大砲の脅威や今後の方向性について語っておいた。

もちろん遥《はる》か未来の話ではなく、大型化、連射式、小型化などについてだ。最も食いついたのが、小型化によって一人一人が前世の銃のような武器を扱えるという話だった。

農民であってもすぐに敵を倒せる力を得ることが出来るのだ。陛下の着眼点は間違っていない。

大変なのは、そういった武器が出回った時、戦争の形がまったく違うものになることだろう。

これまでは長い槍《やり》を構えて密集していれば、戦闘訓練をしていない農民でも一定の戦果は得られた。魔術師対策として鶴翼《かくよく》の陣という翼を広げるような陣形をとったり、百人ずつの隊に分けて隙間が開いた三角形のような魚鱗《ぎょりん》の陣の亜種といったものを使う軍もあるが、一般的ではない。

しかし、銃や大砲といったものが普及した場合、これまでの戦い方は過去のものとなる。

極端に少数の隊でも戦果を上げることが出来るようになるのだから、戦線を薄く広くする戦術もあり得るのだ。また、ゲリラ戦や待ち伏せ、籠城戦などでも驚異的な力を発揮するだろう。

なにより、罠《わな》という使い方が確立してしまったら相当厄介な武器となる。

いずれ来るであろう未来を憂いながら、僕は陛下に向き直った。

「今のところは、少なくともイェリネッタ王国にそういった兵器はないと思います。しかし、その背後には黒色玉を提供した国があります。イェリネッタ王国の最初の守りの要は制圧済みですから、どうにかしようという動きは必ず起こります。新たな兵器をイェリネッタが手に入れる前に、進軍を開始すべきです」

そう告げると、陛下は「分かっておる」と呟《つぶや》き、顎を指で挟むようにして視線を落とした。十数秒もの間熟考した陛下は、眉間に皺《しわ》を寄せて顔を上げる。

「……よし、ならば明後日に出立する。本当なら一週間の準備期間を考えておったが、ヴァン卿《きょう》の言うように敵の重要拠点を占拠したばかりなのだ。味方が揃《そろ》うのを待たずに、セアト村に到着した順番に迅速に行動していこう」

そう決定すると、陛下は振り返って集まっている貴族や指揮官達《たち》に対して口を開いた。

「予定を繰り上げる！　想定よりも多くの騎士団が揃っている故、早急に新たな拠点へと移動！　イェリネッタの領土に食い込んだ楔《くさび》が抜けぬように更に強固な地固めを行うぞ！　持てるだけの物資を持って行くが、追加の物資は遅れて来る騎士団に運ばせる！　我らの出立は明後日の早朝だ！　良いな!?」

「はっ！」

陛下の命令を受けて、全員の空気が一変した。絶対君主の号令とはかくも違うものか。誰も彼もが生粋の軍人のような表情となり、素早く行動を開始した。

「陛下、陣形はいかがいたしましょう。もしよろしければ、我が騎士団が先陣を……」

「我らが陛下の前に立ち、お守りしましょうぞ」

「行軍には冒険者達を雇って警戒させるつもりだ。陣形は明日にでも決定して知らせる。今は急ぎ、必要な物資を準備させよ」

戦でならした国というだけあり、誰もが戦意が高い。恐らく、パナメラもかなりのものだろう。

そう思って探すと、パナメラは腕を組んでこちらを見ていた。

「パナメラさんは準備に行かないんですか？」

尋ねると、不敵な笑みが返ってくる。

「もう準備は進めている。明日でも出発出来るだろう」

と、頼もしい返事をするパナメラ。流石《さすが》は戦闘民族だ。三百人で巨大な帝国と真っ向から戦う民族の映画を観《み》たことがあるが、多分それをパナメラが観たら感動すること間違いなしである。

そんなことを考えていると、全員に指示を出し終えた陛下が歩いてきた。

「さぁ、明日は忙しくなるぞ。そうだ、ヴァン卿にも頼みたいことがある。バリスタの貸し出しについてだ」

陛下の言葉に、即座に頷《うなず》く。

「はい。もちろん、移動式バリスタも、それを載せる装甲馬車《ウォーワゴン》もあるだけお貸し出しします。更に、輸送に関してはこちらで冒険者の方々へ依頼しますし、自慢の機械弓部隊も同行しますので」

「おぉ、それは良い！　これなら物資の心配も無用だろう！　頼むぞ、ヴァン卿！」

ご機嫌でそう言われた陛下は、またアプカルルとドワーフの様子を見に行くと言って去って行かれた。お供が少数なのはセアト村の治安を信頼してということであれば嬉《うれ》しい。

上機嫌に去っていく陛下の後ろ姿を見送ってから、この場に残ったパナメラに視線を向ける。すると、パナメラは真面目な顔でこちらを見ていた。

「……ちょっと腹を割って話そうか」

「割ったら死んじゃいます」

「馬鹿者」

そんな気の抜けた会話をしてから、少し真面目に対応する。

「新しい武器の話ですか？　それとも、イェリネッタ王国の動向についてですか？」

尋ねると、パナメラは一瞬目を丸くし、すぐに力強い笑みを浮かべた。

「流石だな、少年。私の言いたいことを予想していたか。それほどまでに私のことを考えているとは、それは恋心ではないのか」

「僕はパナメラさんのこと好きですよ」

悪戯《いたずら》っぽい顔で冗談を言うパナメラに、ニコニコと笑顔で乗っかる。すると、パナメラはウッと呻《うめ》いて一歩下がった。

「……少年は将来恐ろしい男になるな。多分、歴史に名を残すことになるぞ。アルテ嬢を泣かさないようにな？」

そんなことを言われて、眉根を寄せて口を尖《とが》らせる。

「アルテを泣かせることなんてしないですよ。大切にしようと思っていますから」

正直にそう答えると、調子を狂わされたパナメラが眉間に皺を寄せて唸《うな》る。

「……どんどん口が達者になっている気がするな。いや、貴族としてはそれも才能の一つになるだろうが……」

ぶつぶつと何か呟いて、パナメラは深く息を吐いた。

「……余計なことを考えても仕方が無いな。それで、少年はどう思う？　私が敵方ならば、ここまでやられっぱなしではいられない。どうにか起死回生の一手を狙うだろう」

パナメラがそう口にして僕を見たので、溜《た》め息《いき》を吐《つ》いて頷く。

「それはそうでしょうね。なにせ、これまでスクーデリア王国がイェリネッタ王国を攻める時は、常にウルフスブルグ山脈を迂回《うかい》して海側の街道を通って攻め込んできました。だからこそ、イェリネッタ王国の守りは海側に集中しており、今回陥落した要塞はまさに急所ともいえる場所となります。そのまま北に行くことも出来ますし、東西両方に進んでもイェリネッタ側は嫌がるでしょう。戦場が分散するということは、守る側が不利になるのは自明の理です。なにせ、最低でも三方に兵を分散しなくてはなりませんからね」

自身の予測を簡単に説明すると、パナメラは目を細めた。

「ならば、やはり今度は相手から攻めてくるか」

パナメラにそう言われて、頷く。

「そうでしょうね。こちらから先に攻め込んでも、せっかく落とした要塞を攻撃されたなら、どれだけ有利に侵攻していたとしても戻るしかありません。補給も断たれてしまうし、何より後で必ず挟み撃ちにあってしまいますからね」

答えると、パナメラは腕を組んで「ふむ」と低く声を出した。それを横目に見つつ、ドワーフの炉から上る煙を見る。

「……陛下も必ずそういったことは考えておられると思いますよ。だから、拠点を盤石のものとしてから侵攻をすると思います」

と、自分の考えを述べる。パナメラはそれに肩を竦《すく》めて頷いた。

「もちろん、陛下ならあらゆる場面を想定されているだろう。しかし、相手の兵器について詳しいヴァン男爵ならば、イェリネッタの次の一手についてより精確な予測が出来るかと思ってな……よし、聞き方を変えよう。もし、少年がイェリネッタの総大将だとしたら、どう戦う?」

そう尋ねられて、苦笑しながら首を左右に振る。

「僕の場合は戦い方がちょっと特殊ですからね。色んな方法を考えると思います。一番良いのは罠を張ることですね。黒色玉を使った罠を用意しておけば、そう簡単には攻めることが出来ません。動きが遅くなったタイミングで先ほど説明した大砲を使えば、相当な戦果を挙げることが出来るでしょう」

問いかけられたので答えたのだが、パナメラは想像以上に深刻な顔で顎を引いた。

「……罠、か。それはあまり考えが及ばなかったな。すぐに陛下に進言しておこう」

そう言って、パナメラは護衛を連れて踵《きびす》を返した。

「……もしかして、余計な事言っちゃった？　これはまた前線に呼ばれるパターンじゃ……」

僕は戦々恐々としながら小さくそう呟いたのだった。

結果として、なんとか一緒に戦場に行くのは回避することが出来た。

さり気なく陛下がヴァン君も来てほしいなー、みたいなオーラを出していたが、全力で気付かないふりをしておいた。その努力もあり、陛下は予定通り迅速に準備を終えて出立された。

陛下やパナメラがセアト村を出たのを見送ったが、延々と兵士の列が続くため、途中から飽きてくる。なにせ、ウルフスブルグ山脈の山道を二列縦隊で進むことになるのだ。

万を超える軍勢ともなると、見送り始めから終わりまで数時間掛かる。

なので、そっと後ろに下がりながら領主の館に戻ろうと画策した。

「……ヴァン、どこに行く気だ？」

しかし、回り込まれてしまった。

いや、回り込まれたわけではないが、たまたまタイミングの悪いことにヤルドとセストがセアト村を出るところだったようだ。

二人は帰ろうとする僕に気が付き、声を掛けてきたのだろう。他の騎士団とは少し趣の違った傭《よう》兵《へい》団みたいな一団を引き連れて、こちらに歩いてくる。

「何故《なぜ》、我ら実の兄を見送らずに帰ろうとする？　いや、そもそも、何故お前は出立しないのだ」

ヤルドが怒ったような表情でそんなことを聞いてくる。いや、怒ったような、ではなく、間違いなく苛立《いらだ》っている。いきなりぷりぷりしながら迫ってこられたら、こちらもぷりぷりしてしまいそうである。

大体、なぜ戦に行かないのかって、怖いからに決まっている。ヴァン君は九歳なのだ。いたいけな少年が戦地に行かない理由など、聞く方が野暮というものだろう。精神年齢についてはノーカウントとする。

ということで、今度からヤルドのことを心の中でヤボ兄さんと呼ぶことに決定した。

と、そんなくだらないことを考えつつ、わざと困ったように微笑を浮かべて首を左右に振る。

「すみません。僕の領地はまだまだ弱く、ただでさえ少ない騎士団の人員を割いて戦地に出ると領地の壊滅の危機となります。残念ながら、僕はここから離れることが出来ません」

そう告げると、ヤルドとセストが無言で城壁を見上げた。常に修復している城壁は美しく、下から見上げれば圧巻の迫力である。

さらに、城壁の最上段にはバリスタの先の部分が等間隔に並んでおり、外に向けて目を光らせていた。

「……」

「……どうしました？」

城壁から可愛《かわい》らしいヴァン君に視線を移し、なんとも言えない表情で見つめてくるヤルドとセスト。

何か用事でもあるのかと聞き返すと、セストが頬を引き攣《つ》らせて口を開いた。

「……え？　ど、どの領地が壊滅するかもしれないって？」

乾いた笑い声を上げながらそう言われたので、首を傾《かし》げて見返す。

「確かセアト村を見た時に、お二人とも大した町ではないと言っていたような気が……実際、僕もそう思っているので、やはりまだまだ強化しないと不安なんですよね」

以前のヤルド達の台詞《せりふ》を逆手にとってそう告げると、二人はウッと呻いて口を噤《つぐ》んだ。

「ヤルド兄さんやセスト兄さんが代官をしていた街の方が、すごかったんですよね？」

そう尋ねると、セストは顔を顰《しか》めてヤルドを見る。そして、ヤルドは鼻を鳴らして顎をしゃくった。

「あ、当たり前だ！　こんなちっぽけな街などより余程発展している！　比べ物にならぬくらいにな！」

ヤルドはそう言って笑ったが、その顔には焦りや不安があるように感じた。

まぁ、四元素魔術の適性を最重要としてきた侯爵家において、落ちこぼれの末弟に負けるのは自尊心が傷付くのだろう。

そんな意地っ張りを見て、僕は儚《はかな》げな美少年といった雰囲気で遠くを見る。

「そんな風に、僕も自信を持って言えるような街を作りたいと思っています……だから、今は少しでも時間をかけて街を強化していこうと思っているのです。ヤボ兄……ヤルド兄さんとセスト兄さんには力強い騎士団がいらっしゃるようですし、僕の分もお二人が戦場で活躍されることをお祈りしております」

殊勝な態度でそう告げると、ヤルドは腕を組んでチラリと後ろを見た。厳《いか》つい傭兵達が自分を見ていることを察して、咳払《せきばら》いをしつつ口を開く。

「う、うむ……我が最強の騎士団ならば問題ないだろう。単純に、ヴァンが武功を挙げる機会を奪ってしまうから、心配して言っただけだ！　余計な心配だったようだな！」

ヤルドがそう口にすると、方針が決まって安心したのか、セストも愛想笑いを浮かべつつ頷いた。

「そ、そうだね。四元素魔術が使えないから、ヴァンが武功を挙げられないって心配してたから……は、はは」

二人は急に実は弟想《おも》いの良い兄でした作戦に出てきた。だが、客観的に状況を見てきた傭兵団の一部の者は嘲笑するような笑みを浮かべている。

命の奪い合いという過酷な戦いの場にあって、傭兵とは残酷なものである。もちろん、金銭のために恨みもない他者を殺すことが出来るのも残酷なものだが、なによりも雇い主への情も無いことが問題だろう。

雇い主を裏切らない、義理人情の厚い傭兵団は貴重なためかなり高額な依頼料となる。依頼料が安い傭兵団はその場凌《しの》ぎの盗賊団もどきのため、負け戦になりそうなら勝手に逃げたり、相手からもっと良い条件を出されたら簡単に裏切るような者達もいるのだ。

見極めるための一つの方法として、傭兵団の態度や練度、そして装備などがある。

先程から威圧するような態度を周囲に向けていたヤルド達の傭兵達は、装備もバラバラで衣服もだらしない着方をしていた。山賊や盗賊が敗戦兵を襲撃して装備を奪い盗《と》ったと言われればしっくりくるような格好だ。

その様子を見れば、ヤルド達が雇った傭兵達のレベルが自《おの》ずと分かってくる。もちろん、ディーが見たら嬉々《きき》として鍛え直すと言い出す低いもの、という意味だ。

侯爵家でありながら、何故そんな変な団体になってしまっているのかは理解に苦しむが、とりあえず戦場に出ない僕には関係ない。

まぁ、強いて言うなら並んで戦うと不安なので、ムルシア達は絶対に要塞の防衛側に回るよう厳命しておくくらいだろう。

そんなことを思いつつ、僕はヤルド達に笑顔で頷いた。

「ご心配いただき、ありがとうございます。それでは、頑張ってください！　ヤルド兄さんとセスト兄さんの活躍を応援しています！」


【ムルシア】

朝も早くから外で騎士団の掛け声が響いている。聞き慣れたその声を合図にして体を起こし、ベッドから降りた。窓に近付いて外の景色を眺めると、騎士団が一塊になって走っている。ディーは誰よりも元気が良く、鎧《よろい》を着た団員達を追いかけるようにして走らせていた。

恐ろしいのは、ディーが誰よりも重装備であることだ。いつもながら、全身鎧と大きな盾、そして身の丈ほどもある大剣を手に走っている。

その状態で前を走る団員達を笑いながら追いかけているのだ。

ちなみに、最初に心配していた食料や人材不足の問題は、定期的にヴァンから送られてくる物資やそれを運ぶ冒険者達のお陰で何とかなっている。

ただ、冒険者達が周囲の警戒ついでに魔獣を多く狩って帰ってくるのは問題であった。なにしろ、この城には素材を買い取る資金が無い。一部は物資運搬用の馬車に載せて持ち帰っているようだが、残りは置きっぱなしになってしまう。

もっとも、冒険者達はヴァンから依頼されているようで、換金素材を切り分け、腐ってしまう肉類は干し肉にしたりしていた。さらに周囲の木材や鉱石などの資材も集めてきてイェリネッタ王国側の小城下にある素材置き場に保管している。

もしかしたら、この場所にもメアリ商会が商隊《キャラバン》を派遣してくれるようになるのかもしれない。

今でもセアト村からベルランゴ商会が行商馬車で往復してくれているが、素材の買取や武具、日用品の売買をするには心許無《こころもとな》い。今後の人口増加を考えても、ちょっとやそっとでは対応が間に合わないだろう。

大商会の隊商ならばそれも可能になる。

そんなことを考えながらも、あのウルフスブルグ山脈に隊商が自由に往来出来るような街道の整備は難しいと思っている。

なにせ、生息する魔獣が大型のものばかりなのだ。夜間に少し気を抜いただけで馬車を破壊されてしまうなどもザラだろう。崖のそばを通る際には近くで戦闘が起きるだけで滑落してしまう恐れがある。

危険と利益を天秤《てんびん》に掛けると、自分ならば隊商を派遣しない方向で考える。

「……この考え方が良くないのだろうか」

衣服を着替えてから、ぽつりとそう呟いた。

元々の性格だが、どうしても悪い方に転がった場合を考えて判断が鈍る傾向にある。これは父から何度も指摘された短所だ。

対して、父やヴァンにはそれが無いように思う。ヤルドやセストも自分の判断を信じて突き進む性格だが、それは考えが浅いだけだ。

父の場合は最悪の場合も想定しており、それを基に戦略を組み立てている。

また、ヴァンも同様だ。この城を任された時、どのように守れば良いかと尋ねた。すると、ヴァンは最上階から城塞都市を見下ろしながら、こう答えた、

「僕の場合は、もし敵が自分ならどうするか考えます。一つはバリスタを警戒しつつ、多少の損害は無視した強硬策。薄く左右に広く展開して物量で城壁を破る手段ですね。もう一つはぎりぎりまで接近がバレない侵攻ルートの開拓です。危険な山を通過して、左右どちらからか攻め込みます。これはワイバーンがいれば可能でしょう。最後は兵糧攻めです。既に相手にはフェルディナット伯爵領の領地深くまで攻め込んだ実績があります。そちらから侵攻して物資の補給を断つように動く方法ですね」

と、歴戦の将軍か何かのようにヴァンは言った。私が唖然《あぜん》としていると、ヴァンは苦笑を交えて再度口を開く。

「もちろん、穴を掘ったり、川から何か仕掛けたり、夜襲を掛けたりと様々な奇策を使う可能性もあります。なので、どちらにせよ柔軟に対応しないといけません。ムルシア兄さんは慎重だから、防衛戦や少数での野戦は向いていると思いますよ。ディーもいますし、思うままやってみてください」

そう言って、ヴァンはあっさりとセアト村に帰ってしまった。

気楽な調子で楽しそうにしているが、ヴァンと話せば話すほどその深い考えやこちらへの配慮に驚いてしまう。

なにせ、まだ九歳なのだ。エスパーダやディーがつきっきりで英才教育をしたと聞いていたが、それでも信じられない。

ヴァンがエルフの拾い子で、実はもう五十歳であると言われた方が信じられるくらいである。

そんなことを考えていると、遠くから私を呼ぶ声が聞こえてきた。どうしたのかと外に出ると、櫓《やぐら》に登っていたアーブがこちらに向かって声をあげていた。本来なら城内を上がってくるのだが、余程急ぎだったのだろう。

まさか、敵が攻めてきたのか。そう思って、すぐにその場から返事をする。

「何かあったか!?」

聞き返すと、アーブが後方を指差して口を開いた。

「王家の御旗《みはた》です！　王国軍が到着した模様！」

その報告を聞き、瞬時に二つの感情が胸の内を支配する。

一つは大勢の味方の到着により、城塞都市を防衛するという役目が完遂されたことへの安堵《あんど》。もう一つは、陛下を筆頭に上級貴族の面々が到着したことに対する緊張だ。

「……っ！　急ぎ、歓待の準備を！」

慌てて指示を出すと、アーブが大きく頷いた。

「はっ！」

アーブの返事を聞きながら踵を返して城の中の階段を駆け降りる。頭の隅に父の顔が思い浮かび、胃が痛みを訴えた気がした。

第十章 城塞都市ムルシアのお披露目

　ディーやアーブ達《たち》十数人の騎士を連れて、すぐさま城門へ向かう。ウルフスブルグ山脈を背に、山道を降りてくる大勢の騎士団の行軍が遠目からでも分かった。

　そして、城門の上にいる兵はこちらを見て指示を待っている。

「開門！　開門だ！」

　大急ぎで城門を開けさせて、ディー達と一緒に門の前で待った。

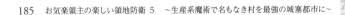

　門が開いてすぐに現れたのはベンチュリー伯爵とその騎士団だった。白髪の鋭い目つきの歴戦の猛者、ベンチュリーはこちらを見て顎を引いた。

「おお、フェルティオ侯爵のご子息、ムルシア殿。そうか、この要所を任されたのは貴殿だったな。壮健そうでなによりだ」

「は、はい。ベンチュリー卿《きょう》もお元気そうで安心いたしました」

　簡単な挨拶を返すと、ベンチュリーは大きく頷《うなず》いて私の背後を見た。

「それで、そこにいるのは高名な竜討伐者《ドラゴンスレイヤー》のディー殿とお見受けするが……ヴァン卿から引き抜きでもしたのかね？」

　ベンチュリーが腕を組んでそう口にすると、私が答えるよりも早くディーが肩を揺すって笑い声を上げた。

「わっはっは！　いやいや、今は確かにムルシア騎士団の騎士団長代理をさせていただいております。が、もう少ししたらヴァン様の下《もと》へ戻る所存！　セアト騎士団の団長は誰にも譲りませんぞ！」

ディーがそう答えると、ベンチュリーは目を瞬かせてこちらに目を向けてきた。

「……ムルシア騎士団？　ふむ、フェルティオ侯爵家騎士団ではないのかね？」

怪訝《けげん》な顔をするベンチュリー。しかし、その表情には微妙に違和感がある。恐らく、私の名の騎士団があることを知って多少の推測は出来ているのだろう。つまり、自分の推測が正しいかの答えが聞きたいだけなのだ。

その期待に応えられるかは分からないが、事情を素直に話すことにする。

「陛下より勅命をいただきました。今後、イェリネッタ王国への侵攻にヴァンの力が必要である為《ため》、全力で手助けするようにとのことです。結果、ヴァンの……いえ、ヴァン男爵の改修したこの城塞都市の領主代理に任命されました。既に王国軍を受け入れるだけの準備は出来ておりますので、どうぞ中央の城まで」

今まで上級貴族の当主と会話をするような機会が少なかった為、緊張しながら状況の説明と城内への案内を行おうとした。すると、ベンチュリーが眉根を寄せて奥を見る。

「……随分と、様変わりしたように見えるな。ヴァン男爵が作っただけあって個性的だ。それで、この城塞都市の名は？」

ベンチュリーにそう問われて、思わず口ごもる。不審そうに眉根を寄せるベンチュリー。

「どうした？」

再度尋ねられ、観念する。

「……こ、ここは、城塞都市ムルシア、です」

そう答えると、ベンチュリーはフッと息を漏らすように笑う。

「そうか……城塞都市の名前はヴァン男爵がつけたのか？」

「……はい、そうです」

頷いて答えると、ベンチュリーは目を細めて笑った。

「はっはっは！　ヴァン男爵らしいな！　それでは、我が騎士団の滞在場所を教えてくれ」

「は、はい……城塞都市内は複雑な造りになっています。む、ムルシア騎士団の騎士に案内させますので」

そう言ってから、後ろを振り返ってディーの隣に立つ男に声を掛けた。

「マーコス、ベンチュリー伯爵家の騎士団を奥の小城までご案内するように」

「はっ！」

マーコスは背筋を伸ばして威勢の良い返答をし、前に出てきた。マーコスは最も付き合いの長い騎士の一人だ。小柄だが鍛え上げられた精鋭であり、有用な魔術の使い手でもある。

マーコスは胸を張って自身より頭一つ分ほど大きいベンチュリー伯爵家騎士団の騎士団長へと向かっていった。

「ムルシア騎士団兵長、マーコスと申します！　それでは、こちらへどうぞ！」

マーコスがそう言って先導するように歩くと、騎士団はこちらに一礼してから進みだした。戦で慣らしたベンチュリーの騎士団だけあり、その動きはまさに一糸乱れぬというものである。

その姿を見送ってから、ベンチュリーは城門の奥を指し示した。

「陛下がいらっしゃるまで俺も此処《ここ》で待つとしよう。どこで待てばよい？」

「あ、そうですね……では、そちらに準備します。少々お待ちください」

ベンチュリーに言われて、今更ながらにそんなことに気が付く。内心で焦りながら、近くの兵を呼んでテントを張るように指示を出す。

次の騎士団が城門を潜《くぐ》るのを確認して、貴族と騎士団長に軽く挨拶をして奥へ行くように伝える。

そうこうしている内に各貴族が休める程度の場所は準備が出来た。

「どうぞ、こちらでお待ちください」

「うむ」

出来たばかりのテントに椅子を準備してベンチュリーと他の貴族を案内する。それからすぐに二つの騎士団が到着した。それぞれ少数の騎士団であったこともあり、すぐに挨拶と案内を終える。

そうしていると、ついに王家の紋章を携えた一団が到着した。四頭立ての馬車が城門を潜り、テントの中からベンチュリー達が姿を現す。

「おお！　あの半壊した要塞がここまで変わったか！　中を見るのが楽しみだな！」

陛下が上機嫌にそう言いながら、馬車から顔を覗《のぞ》かせる。不敬があっては大変である。気を引き締めて話をしなくては……。

私は無意識に息を呑《の》み、額から汗を一筋流したのだった。


「ヴァン男爵の新たな領地へようこそ、陛下。歓迎させていただきます」

緊張にガチガチになりながら挨拶して、頭を下げる。陛下は馬車からゆっくりと降りると、こちらを見下ろして口を開いた。

「ふむ、中々立派に代官を務めておるではないか。折角だ。代官自ら案内してくれんかね」

そう言って笑う陛下の姿に安心して一礼する。良かった。機嫌が良さそうだ。

「お任せください。陛下をご案内できるなど、光栄の極みにございます」

「そうか。では、案内してもらおう」

最小限のやり取りだ。緊張し過ぎて時間のかかる丁寧な受け答えができそうにないので仕方が無い。出来るだけ悪い印象を与えないように努力するしかないのだ。他にもまだ後続の貴族や騎士団が到着している最中だが、陛下の言は何よりも優先すべきだろう。無言でディーを見ると、アーブに何か指示を出してこちらに歩いてきた。

アーブは何人かの騎士を残して、城門の前へ移動する。どうやら、後続の貴族の相手もしてくれるようだ。ディーもアーブも、そして防衛の重要な役目を担ってくれている機械弓部隊の面々も、全てヴァンの部下である。つまり、この城塞都市の騎士団が十分な人員を確保出来たら、セアト村に戻ってしまうのだ。

果たして、ディーやアーブ達がいなくなって上手《うま》くやっていけるだろうか。元々の私の指揮する騎士団にはマーコスを含めて有能な者が多くいる。しかし、それでも経験は足りていない。それは司令官である私自身もそうだ。むしろ、私の方が圧倒的なまでに経験不足だと言えるだろう。

いや、一番の問題はこんな自分の考え方、自信の無さなのかもしれない。このように頼りない人物が今後最も重要な拠点となるであろう場所を防衛出来るのか。そして、そんな状態であることを陛下にバレずに管理していくことが出来るのか。

そんなことをぐるぐる考えながら歩いた為か、設備の説明もせずに歩いてしまった。その為、陛下やベンチュリー達に声を掛けられて初めて答えるような形となってしまう。

「ムルシア殿。あの小さな城は？　複数あるようだが」

「あ、は、はい。中心にあるこの城塞都市は見ての通り、巨大な壁で複雑な道順で進まないと中心にまで辿《たど》り着きません。その為、城壁を越えた後にも各小城が防衛拠点として機能します。また、壁には弓を射る場所が随所にあります。そこから小城を攻めようとする相手を攻撃することもできます」

誰かから出た質問に答えると、壁を見上げたベンチュリーが口を開く。

「……遥《はる》か昔に廃れた構造だな。強力な魔術師が多数現れた今、弓を止める騎士が前に立てばそういった待ち伏せは難しくなっている。その辺りはどうするつもりだ？」

どうやら構造を貶《おとし》めたいわけではなく、純粋な疑問のようだ。しかし、歴戦の猛者たるベンチュリーが口にしたことで、全員の意識がこちらに向いてしまう。城塞都市の守り方、各設備の運用方法はヴァンやディーに聞いている。

自分に自信を持って説明しなければ、説得力を持たせることが出来ない。

気を強く持って、私はベンチュリーの顔を真正面から見た。

「……ご安心ください。センガンという名前の仕掛けで、城壁と同じく簡単には壊されない戸で守られています。更に、そこから攻撃する為に使う武器はヴァン男爵の作った連射式機械弓です。例え重装歩兵が複数人で守ったとしても完全に矢を防ぐことは出来ないでしょう。逆に効率的に城壁を突破して侵入した魔術師を狙える構造となっていると思います」

そう、力強く断言すると、ベンチュリーは片方の眉を上げて笑みを浮かべた。

「ほう、なるほど。確かにあの恐ろしいバリスタや弓が相手ならばその辺の魔術師では対抗も出来んだろうな。まぁ、我ら程度に魔術が使えれば離れた場所から城壁を崩す形で……いや、その時は城壁からバリスタで対処するということか。なるほど、これは中々攻め難《にく》いな」

ベンチュリーが感心したように呟《つぶや》く。それに同調するように他の貴族達も口を開いた。

「遠くから魔術で城攻めをするのは難しく、かといって物量で攻めるのも難しい……なるほど、難攻ですな」

「流石《さすが》はヴァン男爵の設計、と言うべきでしょう」

「ふむ、そうだな」

そんな貴族達の声を聞いて、僅かに劣等感を刺激されたが、それでも自身の弟を褒められたことが嬉《うれ》しかった。

それに答えようとすると、自然と顔が上がり声量も大きくなってしまう。

「そうでしょう！　この城塞都市は以前のものとは全く別物になっています。今の小城や城塞都市内の構造もそうですが、更に凄《すご》い仕組みが無数にあります。本当ならもっと組み込みたい仕掛けがあったこともヴァンから聞いていますが、それでも、これ以上難攻不落という言葉が相応《ふさわ》しい要塞は存在しないでしょう。それはこの城塞都市を管理している私が断言します」

誇らしい気持ちと共に、この城塞都市の素晴らしさを熱く語った。結果、それまで談笑しながら城や城壁を見上げていた貴族達も目を瞬かせて私に視線を集めている。

まずい。早速やらかしてしまった。ヴァンの作った城塞都市が褒められて調子に乗ってしまった。

これが自分のことであったなら、生来の自信の無さからそこまで喋《しゃべ》り過ぎてしまったりしないというのに……。

冷や汗を流しながら、陛下の反応を見た。

すると、陛下は噴き出すように笑いながら私の背を軽く叩《たた》く。

「わっはっは！　そうか、そうか！　いや、最初は少々頼りないかとも思ったが、予想を大きく超えて良き代官をしておるな！　その自信、頼もしく思うぞ」

予想外に陛下は上機嫌でそう言うと、こちらを見て再度口を開いた。

「そういえば、この城塞都市の名を聞いておらんかったな。それほど自信を持って語ってくれた難攻不落の要塞だ。もう名前も決めておるのだろう？」

そう質問されて、思わず息を呑む。だが、答えないわけにもいかない。

「……城塞都市、ムルシアです」

一気に小さくなってしまった声でそう答えると、皆が目を瞬かせたのだった。


連れ歩いている全員から笑われながら、城塞都市の中心である城の天守閣へと皆を案内した。顔から火が出るほど恥ずかしかったが、陛下やベンチュリー達上級貴族の当主達が色々と話しかけてくれるようになった為、結果としては良かったのかもしれない。

どうやら、皆は私が城塞都市の管理と防衛に自信を持っていると思ってくれたようだった。

個人的には十歳以上も年が離れている弟の作った物を我が物のように自慢している情けない兄でしかないと思ったのだが、良い方向へ転んだらしい。

心の底からホッとしつつ、最後の階段を登りきってから振り返った。ベンチュリー、陛下の順番で上がってきて、すぐにその絶景に目を奪われることとなる。

二人の今の感情はすぐに理解できた。全ての階がそうだが、どこからでもバリスタや機械弓を使うことが出来るようにしつつ、どの窓にも頑丈な戸を設置している。つまり、城内の景色は面白い構造ながらも薄暗い部屋と廊下、階段が続くばかりなのだ。

しかし、天守閣に上がるやいなや全方位に最大限に開かれた開き戸があり、眩《まばゆ》いばかりの陽《ひ》が差し込んでいる。更に、後方のウルフスブルグ山脈はともかく、それ以外の方向は美しい青空だ。

その青空へ吸い寄せられるように陛下達はテラス部分へと進んだ。そして、その光景に感嘆の声を上げる。

「おお！」

「これは凄い！」

そんな声を聞きながら、同じようにテラスへと出た。何度も見た景色なのに、それでもその景色に感動する。

奥には真っ青な空と、地平線まで見える平野があり、大地を切り取るように街道が続いている。

手前には改修されたばかりの綺麗《きれい》な城下町。左右を見れば視界の端にウルフスブルグ山脈の一部が見え、心地よい風が流れてくる。

閉塞感を感じながら延々と階段を登った先に、この景色だ。自分自身も経験したことだが、この解放感は胸がすくような爽快感を得ることができる。

だが、ヴァンは戦略的にこの部屋を設けた筈《はず》だ。そう思い、皆にこの天守閣の価値を伝える。

「この最上階のことを天守閣と呼びます。この城塞都市は全体が丘の傾斜に沿うように階段状に設計されています。つまり、イェリネッタ側の城壁、城門が最も低い位置にあり、その手前の櫓《やぐら》、次が小城の天守、その次が二つ目の小城、その次が三つ目の小城……そして、最も高い場所にあるのがこの天守閣となります。それぞれの城が独自に防衛戦が出来るように作られていることも要の一つですが、城壁や櫓以外からも常に周囲を警戒出来るように作られていることも重要な防衛の仕組みです。そして……」

説明をしながらテラスの縁に移動して、手すりに手を置いてから街道の先を指差す。

「一つ下の階に設置してあるバリスタならば、ここから見える街道の中ほど……あの辺りまで射程範囲となるのです」

そう告げると、どよめきが起こった。振り返ると、先ほど指し示した街道を見て皆が驚愕《きょうがく》している。

「なんと……！」

「それはこの城を攻める者からすれば脅威だな」

驚きの声は多数上がっている。それはそうだろう。実際にバリスタを使ってみて、製作者のヴァン自身も驚いていた飛距離なのだ。狙いは流石に精確ではなくなるが、それでも十分過ぎるほどの脅威である。

それは普段、戦場を支配する立場である強力な魔術師にとってより強く感じる部分だろう。

「これだけ作り上げられていて、それでもまだ何か仕掛けを作ろうとしていたのか。何を作ろうとしていたのか、気になるな」

陛下が笑みを隠せない様子でそんな感想を口にした。それにベンチュリーが何かを思案するような表情で顎を引く。

「……ふむ。例のイェリネッタの新兵器……あれに対抗は出来るのか？」

「ヴァンの言を聞く限り、今の精度であるならば問題はないとのことです。もともと命中率が低いのですが、飛距離が伸びればその分更に低くなるようです。もしあの辺りから届く場合であってもこの城塞都市の何処《どこ》かに当たれば上出来というくらい、と申しておりました」

ヴァンから教えてもらったことをそのまま伝えると、陛下とベンチュリーはあっさり納得した。

「なるほど」

「それならば問題はありませんな。もし相手がこの城塞都市の防衛力を知ったなら正攻法以外の手段を模索する。何か抜け穴がないか、そこをどれだけ考えられるかに掛かっているでしょう」

ヴァンが黒色玉についてい最も研究している為か、陛下とベンチュリーからかなりの信頼を得ているようだった。

そのまま他の貴族達も交えて議論しているところに、後続として遅れて到着した貴族達も天守閣へと上がってくるのが見えた。

その中に、一年ぶりに見る懐かしい顔がある。

「……兄上？」

目を丸くするヤルドとセストが、私を見てそんな声を上げたのだった。


【セスト】

入り組んだ城内を進み、急勾配な階段を登る。外の城壁、城門や城塞都市内の綺麗さには驚いたが、主となる城の中に入ってからは延々と薄暗い廊下や階段を歩かされている。

「やはり、一、二ヶ月程度ではこんなものだろう。相当な人数を動員したようだがな」

強がるようにヤルドがそう呟いたが、それでも、自分達には出来ないことだ。この城塞都市に着くまでの過程でウルフスブルグ山脈の山道を通過したが、道は全て綺麗に整えられており、あまつさえいたる所に休憩用の建物まであった。そして、随分と特殊な形状の砦《とりで》まである。それら全てを侵攻時にヴァンが作っていったという。

そのことを、同じく後続として共に行軍していた他の騎士団が話していた。相当な覚悟をしてウルフスブルグ山脈の道に踏み込んだのだが、二週間も掛からずにその旅を終えることになる。それもこれもヴァンが作ったという山道と休憩所、砦のお陰だろう。

その恩恵は他の騎士団も感じており、散々ヴァンの噂話《うわさばなし》を聞くこととなった。

ヤルドはそれら一つ一つに何かしらの理由を付けて文句を口にしていたが、自分は段々とそういった気持ちが失われてしまっていた。ヤルドは火の魔術に自信を持ち、自らの戦闘での指揮や内政についても十分な能力があると自負していた。

しかし、自分は違う。代官としてあまり上手くいかなかったことや、実際に盗賊団程度を相手にした時も十分な指揮が出来たとは言えなかった。結果、火の魔術を用いた時もあったが、戦果としては大したことは無い。むしろ、邪魔になってしまうことすらあったのだ。

そういった過去の自分とヴァンを比べると、どうしても惨めな気持ちが湧いてきて仕方なかった。

正直、ヴァンが高い評価を受けているのは全てその特異な魔術のお陰だ。僕にだってその魔術があれば、ヴァンと同じように活躍して叙爵されていただろう。結局、どちらが運を持っていたか、だ。魔術の適性が四元素魔術、それも火の魔術適性だった時は、将来は間違いなく輝かしいものになるだろうと思っていた。

だが、家を離れた一年程度の間に状況は大きく変わってしまった。イェリネッタ王国との戦争もその一つだが、それだけならばむしろ名を売る良い機会だっただろう。問題はヴァンの方である。何もない村に送られた時はすぐに死ぬと思っていた。だが、奇跡のような魔術に恵まれたお陰で村は発展し、更には都合よく成竜《ドラゴン》が現れて討伐まで果たしてしまった。

いったい、どれだけの幸運に恵まれているというのか。それがもし、自分のものだったなら……。

そんなことを考えながら城の中を歩いてきたが、ようやく階段の上の方から明かりが漏れてきた。最上階に着いたようだ。

ヤルドに続いて階段を登りきると同時に、風が外の空気を運んでくる。外の空気だけでなく木や皮の匂いと、鉄と鉄が擦《こす》れる耳障りな音。そして、何処か聞き覚えのある声。

多くの人間の気配を感じつつ、声のした方向に顔を向ける。

そこには十人を超える鎧《よろい》姿の男達がおり、最も奥でこちらに顔を向けている人物が声の主であると分かった。

「……ムルシア兄さん」

そう呟くと、ムルシアが我々の姿を認識したようだった。

「ヤルド、セストも……？　まさか、この大きな戦で父上は出てこないのか？」

ムルシアが小さく呟く声がやけに大きく響いた気がした。それに、ヤルドが何か言おうと口を開いたが、他の貴族が先に大きな声で挨拶をしつつ、その場に跪《ひざまず》く。

「陛下！　到着が遅れてしまい申し訳ありません！」

壮年の男が謝罪の言葉を口にすると、奥から陛下が歩いてきて頷いた。

「ああ、気にするでない。むしろ、こちらが皆の到着を待てずに出来たばかりの城塞都市を見学しておったのだ。もう皆も見ておるだろうが、素晴らしい要塞だぞ。この地を拠点として動けばイェリネッタ王国なぞ楽に叩き潰すことが出来るだろうな」

上機嫌にそう言って、陛下は肩を揺すって笑う。すると、我々の奥から数少ない女の貴族が顔を出した。後続の列が遅れてしまった為、殿《しんがり》に残って行軍を補佐していた貴族、パナメラ子爵だ。噂ではヴァンと共に竜討伐を為《な》した一人であると聞いたことがあるが、ウルフスブルグ山脈の山道でも大型の魔獣を難なく焼き殺していた。その火の魔術を見る限り、ヴァンの竜討伐も実はパナメラが主としてやり遂げたのではないかとも思っている。

パナメラは我々と接する時と変わらない、威風堂々とした態度で前に出た。

「それはそれは……私もこの拠点に来ることを楽しみにしておりましたが、陛下がそこまで仰《おっしゃ》るとは、期待以上のようですね」

パナメラがそう口にすると、陛下は大きく頷いて両手を広げた。

「十年……十分な力と資源を有するはずの我が国が領土を広げることが出来なかった。十年もの間だ！　その停滞していた時間を、今こそ打ち破ることが出来ると確信している！　誰もが分かるだろうが、これは数十年に一度の機会である！　大国を端から切り崩していくぞ！　手柄は早い者勝ちだ！」

獰猛《どうもう》な笑みを浮かべて、陛下はその場にいる全員にそう宣言した。絶対的強者としての自信に溢《あふ》れる力強い言葉だ。その言葉にはまるで魔力が籠《こも》っているかのようだった。

そうだ。この戦いならば、僕でも大きな活躍が出来るかもしれない。ここが正念場なのだ。あまりに激しい戦場になると命を落とすかもしれないが、危険な表に出ずとも活躍する人物の派閥で戦うことが出来れば、十分な武功を得ることが出来るだろう。

誰につけば良いか。誰ならば、自分の力を活《い》かすことが出来るだろうか。

そう思った時に、拳を握り締めて笑みを浮かべるヤルドの横顔が視界に入った。この機を逃さず、成り上がるつもりだろう。確かにヤルドの魔術は父に次ぐほどだと言える。しかし、寄せ集めの傭《よう》兵《へい》で構成された騎士団は明らかに頼りない。

「……上手く使って、危なくなれば捨てれば良いか」

ヤルドの顔を横目に見ながら、僕は小さくそう呟いた。

最終章 ✦ それぞれの立場から

【コスワース・イェリネッタ】

真っ赤な大きな天幕の中、大きく開かれた入口から陽《ひ》の光が差し込む。だが日中の明かりはこれだけだ。その為《ため》、天幕の中は森の中にいるような薄暗さである。中には資材や武具、酒などが端に追いやられるようにして無造作に積まれている。

地面は背の低い草で覆われた草原だが、その上に分厚い絨毯《じゆうたん》を敷いており、そこに腰を下ろしている。胡坐《あぐら》をかいて座したまま、私は目の前に座る男達《たち》を見下ろした。顔を見ようとすると視線が下がるのは、胡坐をかいて座っている自分よりも相手が顔を地面に近付けているからだ。

地面に片膝をつき、弟であるイスタナはヘレニック騎士団長と共に地面に両手の肘から手首までを付けて頭を下げている。イェリネッタ王国での古い儀礼的な所作だ。意味としては最大限の敬意を表した礼、もしくは最大限の謝罪を意味する。

さて、今のイスタナとヘレニックの表現したい感情とはどちらだろうか。判断に難しいところである。

「……もう少し、詳細に報告せよ」

頭を下げたままの二人にそう告げると、ヘレニックがピクリと反応した。そして、イスタナがゆっくりと顔を上げる。随分と疲れた顔をしているが、それほどの激戦だったということか。しかし、この男は我が弟ながら読めないところがある。

そんなことを考えていると、イスタナが細く息を吐いてから呼吸を整え、話し始めた。

「……先の報告と同様のことになるかもしれませんが、改めて説明させていただきます。ヴェルナー要塞は陥落。早急に奪還を試みましたが、それについても敗走となりました。二度の戦いでスクーデリア王国軍にも被害は与えている筈《はず》ですが、こちらの被害の方が多い状況です。敗因としては、あれだけの大軍がウルフスブルグ山脈を越えてくるという事態を想定できていなかったこと。そして、地形的に有利な状況だった要塞と山道の間に、砦《とりで》を建設されてしまったことだと思われます」

報告書にあった通りのことを簡単に説明したイスタナ。それ以上は無いと言いたいのか、それともこちらの返事を待っているのか。イスタナは黙り込んで私の顔を見上げる。

今聞いた報告を頭の中で反芻《はんすう》し、状況の理解に努める。しかし、これは簡単なことではない。そもそも、イスタナが任されていた重要拠点の防衛についても理解に苦しむことばかりだというのに、他の弟達は十分な勝算をもって三か所の同時襲撃を行ったはずだが、どれもこれも失敗に終わっており、内容も信じられないことばかりだった。

全て詳細な報告は受けているが、いまだに理解が出来ていない部分がある。

頭が痛くなるような気持ちになりながら、私は首を傾《かし》げて尋ねた。

「……ウルフスブルグ山脈を抜けてすぐ目の前にヴェルナー要塞は建てられている。つまり、自ら大型の魔獣に背後から襲われるかもしれない状態で要塞を攻略しなくてはならないのだ。砦を建てられるものなら建てるのが最善だろう。しかし、それが簡単ではないと思っていたのだが……私の勘違いだったか？」

そう聞き返すと、イスタナは眉根を寄せて思案するような表情をしながらも口を開いた。

「それは、私もそう思っていました。しかし、事実として砦は建てられてしまったのです。恐らく土の魔術でしょうが、小さな子供が騎士を連れて宣戦布告のような宣言をした直後、巨大な壁が出来上がりました。すぐに状況を変えるべく黒色玉を使って攻撃しましたが、壁を砕いても即座に直されてしまい、対応が間に合いませんでした……あの僅かな間で即席の拠点を造り上げる築城術は明確な脅威です。下手をしたら、火砲よりもよほどの脅威であると思われます」

結局、イスタナから報告書以上の情報は出なかった。それに溜《た》め息《いき》を吐《つ》き、ヘレニックに視線を向ける。

「……ヴェルナーでのことは分かった。まぁ、納得はしていないがな。それで、他の戦場の話は聞いているな？　恐ろしい射程を持つ大型の弩《ど》。そして、不死身の騎士……とてもではないが信じられない報告ばかりが私のもとへ届いている」

「それは、確かフェルディナット伯爵領に現れたという謎の勢力の話ですか。ヴェルナー要塞には現れませんでしたので、当初予想していたスクーデリア王国軍の主力部隊という線は薄くなりましたね……やはり、別の中央大陸の大国からの助力があるということでしょうか」

ヘレニックは俯《うつむ》くように顎を引いて視線を下げ、自らの見解を述べた。その予想に頷《うなず》いてから、自分の考えを共有するべく答える。

「それもあり得る。だが、可能性は低いだろう。ソルスティス帝国が中央大陸でもっとも強大な国であることは間違いない。それ以外の大国が開発した兵器が流れている可能性もあるが、それでもソルスティス帝国の火砲には勝てないだろう。そもそも、中央大陸との航路は我が国が押さえている。他の国が中央大陸と国交を結ぶならば、必ず我が国に情報が流れるはずだ」

そう指摘すると、イスタナが眉尻を下げて困ったように小さく息を吐く。

「しかし、それでは何故《なぜ》スクーデリア王国がそれほど急激な技術革新を起こしているというのか、説明がつきません」

イスタナの言葉に、ヘレニックも頷いて同意した。

「そうですね。ここ数年で新たな武器や兵器を開発したとしても多すぎます。もしそうであったなら我々が攻め込む前に何らかの情報を得ることが出来たでしょう。なにせ、常にどこかの国と戦い続けていますからね」

ヘレニックが意見を言うと、イスタナも小さく頷き返す。そこについては同意見だが、それでも可能性を論ずるならば自国で開発した、という方が有力だろう。

しかし、そのことについて延々と議論しても仕方がない。重要なのは、この戦争で勝つことだ。

ソルスティス帝国の力を借りている以上、ただ防衛が成功しただけでは成果として不足する。外部から強大な力を借りる以上、イェリネッタ王国がこの大陸最大国とならなければならないのだ。

そうしなければ、待つのは搾取されることだけ、強国に生かしてもらうだけの弱小国としての未来である。

「……分かっているだろうが、今さら退《ひ》くことは出来ん。スクーデリア王国に無様に負けてしまえば、ソルスティス帝国は我らを見切り、スクーデリア王国に協力をすると言い出すに違いない。奴《やつ》らからすれば、同盟国がこの大陸を支配することが肝要なのだからな」

そう告げると、二人の顔が強張《こわば》るように引き締まった。

「重要なのは勝つこと……それだけだ。敵の情報は曖昧なものでも全て並べる。最大限の警戒をもって、スクーデリア王国に一撃喰《く》らわしてやろうぞ」

あれから三週間。

そろそろイェリネッタ王国軍との戦いは開戦しただろうか。以前セアト村に攻めてきた王子くらい何も考えていなければ、多分同じ戦法を使って城塞都市ムルシアに攻め込んでくるだろう。

それならば、十回攻められても負けることはない。なにせ、今はパナメラやベンチュリーのような強大な魔術師も待機しているのだ。あんな原始的な大砲ならば近付く前にいくらでも対処出来るだろう。

問題は相手が別の手段に出た時である。本来なら、海側から幾つも砦や要塞を突破していかなければイェリネッタ王国へ侵攻することは出来なかった。だからこそ、ウルフスブルグ山脈を通過してイェリネッタ王国のど真ん中へ侵攻出来たことは想像以上の成果となる。

逆に、イェリネッタからしたら最悪の場所を押さえられた状況だ。城塞都市ムルシアを拠点として王都に向けて進軍されたら最短数か月で国が陥落する可能性すらあるのだ。それを防いだとしても海側に攻め込まれたら一気に国土の二割ほどを奪われる。

両方を同時に防衛することが出来ない上に、そんな戦況であることが周囲の国に知られれば、何《ど》処《こ》かの国がスクーデリア王国に同盟を申し出ることもあり得る。そうなればもう終わりだ。臆病に駆られた貴族達から順に、一気にイェリネッタ王国は内部からも崩壊が始まるだろう。

今、イェリネッタ王国がとるべき手段は城塞都市ムルシアを奪還するしかない。しかし、もし相手が別の手段に打ってでた場合、予想外の事態が起きることもあり得る。

「僕だったらどうするかな?」

セアト村の領主の館、執務室の中でそう呟《つぶや》き、商業ギルドのアポロから仕入れたこの大陸の地図を眺める。すると、隣からアルテとカムシンが顔を出して同じように地図に視線を落とした。

「イェリネッタ王国の動向でしょうか？」

カムシンが尋ねてくるので、苦笑しながら頷く。

「まぁ、僕が考えられる程度のことは陛下も考えついているだろうけどね。一応、何が起きても良いように備えておこうと思ってさ」

そう答えると、カムシンが小刻みに首肯した。

「流石《さすが》はヴァン様！　ヴァン様なら、必ず陛下でも気づけないようなことを考えることが出来ると思います」

「ははは、ありがとう」

無条件で肯定してくれるカムシンに微笑《ほほえ》み、もう一度地図を確認する。すると、アルテが小さめの声で質問してきた。

「あの、ヴァン様はどうなると思っているのでしょうか」

そう尋ねられて、唸《うな》りながら頭の後ろに両手を持ってくる。

「う～ん……そうだね。自国の戦力に絶対の自信を持つなら、やっぱり城塞都市の奪還かな？　それが一番その後の展開が有利だし、分かりやすいよね。でも、もし勝てる確証が無かったら、どう戦うかな。城塞都市にスクーデリア王国軍を留《とど》めるように一部戦力を置きつつ、他の場所から攻めるとか……肉を切らせて骨を断つってやつだね。後は、うまく城塞都市の外に誘い出して罠《わな》にかけるってところだけど、この地図上だと分かりやす過ぎるなぁ」

呟きつつ、地図上の街道を指さす。ウルフスブルク山脈すぐ目の前にある城塞都市ムルシア。地図上では要塞と表記されている。その要塞から北東に行くとイェリネッタ王国の王都があるのだが、途中には砦がある程度で、他はそれほど防衛力のなさそうな町しか存在しない。

更に、街道自体も平坦《へいたん》でなだらかな道が続き、唯一あるとしたら川を渡る橋が一か所あるくらいだろうか。普通に考えたらその橋が狙いどころだ。大軍であれば橋を渡るために隊列を細長く変更する必要がある。もし、そこで奇襲が出来たなら、タイミング次第では陣形を再編成する前に決定的な打撃を与えることが出来るだろう。

そう思って橋を眺めていると、カムシンとアルテがハッとしたような顔をした。

「橋が危ない、ということですか？」

カムシンがそう口にすると、アルテも真剣な表情でこちらを見る。答え合わせみたいな形になっているなぁ、などと考えながら苦笑する。

「まぁ、僕の考えが合っているかは分からないけどね……とりあえず、橋で奇襲するには軍を隠す場所が無さ過ぎると思う。嫌がらせみたいに遠くから大砲で狙うくらいだけど、あまり大きな戦果は得られないし、橋を落とせば進軍が遅くなるかもしれないけど、逆転は出来ないからね。だから、スクーデリア王国軍が撤退するくらいのことを狙わないと」

「……それでは、どこで戦いを挑むのでしょう？」

アルテが眉間に小さな縦皺《たてじわ》を作って更に質問を重ねた。

「僕なら……」

前置きするようにそう口にして、地図上の一点を指さす。

「この町を囮《おとり》にして奇襲をかける、かな？　強い魔術師が何人もいるスクーデリア王国軍を相手にするんだから敵の得意な戦場は避けないとね」

「得意な戦場？」

「町を囮って、どうするのでしょう？」

二人が揃《そろ》って首を傾げる。それに答えようとした時、ティルがお茶を淹《い》れてきてくれた。

「皆さん、お勉強ですね。そろそろ休憩されませんか？」

そう言って、ティルはニコニコと微笑みながらテーブルにお茶とお菓子を並べていく。美味《おい》しそうである。

「わぁ！　ありがとう！」

「ありがとうございます」

「……僕も食べて良いですか？」

僕とアルテがお礼の言葉を口にしてお菓子に手を伸ばしていると、カムシンがそんなことを呟いた。普段はティルから言われるまで黙っているので、よほどお腹《なか》が減っていたのだろう。頭を使い過ぎてしまったのかもしれない。

「もちろん、カムシンもどうぞ」

ティルは口元を隠して笑いながらお菓子を勧める。カムシンはパッと花が咲いたような笑顔を見せつつ、お菓子に手を伸ばした。ティルと一緒にその様子を見て和んでいると、アルテが地図をじっと見ながら焼きたてのクッキーを齧《かじ》っている姿が目に入る。

どうやら、先ほどの話が気になっているようだ。いつも行儀が良いアルテにしては珍しい姿である。

そんなことを思いながら、自身の考えを口にする。

「……あんまりしたくない戦い方だけど、城壁のある町の中に誘い込んでしまえば接近戦になると思うんだ。だから、その状況で黒色玉を使って自爆覚悟の乱戦に持ち込む。そうすれば、魔術師も連射式機械弓の有利も失われるからね。まぁ、陛下達は最後に町に入るだろうから、最初の町では一般の兵や傭兵《ようへい》の人達が犠牲になっちゃうかなぁ」

そう告げると、考察を聞いていた三人がこちらに顔を向ける。

「……恐ろしい戦い方ですが、最初の町、とは？」

「他の町や砦でも同様の戦い方をするということですか？」

カムシンとアルテが深刻そうな表情でそう呟く。それに頷いて、地図に立てた指を前に進めた。

「この町で数千人を削る。次の町でも同様に。後は、地図上ではわからないけど、この小さな森が大軍を隠せるようなら、スクーデリア王国軍が砦を攻めようと通過したところで、背後から攻撃する。それまでの戦闘で必ず重要な人物は軍の後方にいるだろうから、うまくいけば陛下を殺すことも出来るかもしれないよね」

あえて、淡々とイェリネッタの視点からの作戦を述べた。それを聞いて、三人は揃って息を呑《の》む。

「それでは、このままでは……」

「きゅ、救援に向かわないといけないのでは？」

アルテとティルが不安そうな顔になってしまった。僕は慌てて手を左右に振りつつ、自らの考えを否定するように口を開く。

「いや、そうと決まったわけじゃないからね？　さっき言ったように、逆にスクーデリア王国の領土内に侵攻してくる可能性もあるし、もしくは城塞都市ムルシアをどうにかしようと動くかもしれない。可能性は薄いけど、守りに入って同盟国を動かす、なんてこともあり得るかな？　流石にそんなに悠長なことはしないだろうけど、色んな戦い方があるからね」

苦笑しながらそう言ってフォローすると、ティルとカムシンは難しい顔で頷いた。一方、アルテは更に不安そうな顔になって俯く。

「……も、もしかして、またフェルディナット家を狙うなんてことも……」

アルテが震える声でそう呟くと、ティルとカムシンの方が先に慌て出した。

「大丈夫ですよ」

「以前、アルテ様が思い切りやっつけたと聞きましたし、怖くて近づいてきませんよ」

二人がそう告げると、アルテがこちらをちらりと見た。それに真剣な顔で頷き返す。

「そうだね。窮地に陥っているから、一度敗北した地点は狙わないと思うよ。う〜ん、もし王都を攻められる前に侵攻するつもりなら……海もウルフスブルグ山脈側もダメだし……後は……」

独り言のように呟きながら、地図の上をすべらすように人差し指を動かしていく。そして、隣の国で止まった。

直後、執務室の扉をノックする音が響く。

「ヴァン様！　至急、商業ギルドのアポロ様が面会したいとのことです！」

その声を聞き、不意に嫌な予感がして立ち上がった。

「……入ってもらって良いよ」

「もう一本、お願いします」

「……もうそろそろ休憩で良いんじゃないか？」

遠くで、上半身裸のカムシンとロウが汗だくで向かい合い、そんなやり取りをしている。カムシンは柔軟性のある皮で包んだ棒を手にして構えていた。そして、ロウはその場に座り込んで天を仰いでいる。疲れ果てた様子のロウに対して、カムシンはまだまだ剣の訓練を続けようとしているようだ。

その光景を笑いながら見ていると、カムシンが辺りを見回し、最後に僕を見た。

「……ヴァン様、ちょっと練習に……」

言い辛《づら》そうにしつつも、目はメラメラとやる気に満ち溢《あふ》れている。何かコツを摑《つか》んだのか、カムシンは先週あたりからロウに勝ち続けている。いや、もちろん全勝というわけではないが、明らかに勝率が上がっているのだ。

カムシンは今、自らの成長が感じ取れて充実感を感じているに違いない。メキメキ上達していくことが楽しくて仕方ないのだ。そういえば、少し背も伸びた気がする。元々僕より背が高いのだから、更に身長差が開いてしまったかもしれない。

カムシンが椅子に座って見学していた僕を見て挑戦状を叩《たた》きつけるような形となり、皆の目が自然とこちらに向く。騎士団のやつらめ。さっきまで無限の体力を持つカムシンと試合したくないからと視線を逸《そ》らしていたくせに、こんな時だけ面白いものを探すような目でこちらを見ている。

だが、残念ながらディーの特訓を受けてなお、僕はロウよりも弱いのだ。まぁ、二十歳を越えた実践経験豊富な騎士を相手に十歳にもならない僕が勝てる方がおかしいのだが、十一歳のカムシンが勝っているのだから何も言えない。

せめて、大人な態度で誤魔化すとしよう。

「僕が戦ってもカムシンの満足いく結果にはならないと思うよ？」

そう言って苦笑してみせると、何故《なぜ》か騎士団の団員達《たち》から驚きの声が上がった。

「おお……！」

「見ろ、あの自信を……！」

「流石《さすが》はヴァン様だ！」

そんな反応に、妙な方向に話が進んでいる気がして一人首を傾《かし》げる。皆、勘違いしていないだろうか。そう思っていると、更に団員達から驚愕《きょうがく》の声が上がる。

「おお……！」

「ヴァン様が、いつになく挑発的に……！」

「余裕の笑みだ……！」

いやいや、首を傾げただけだというのに、君達は僕の仕草がどんな風に見えているのかね。そう思い即座に否定しようとしたのだが、アルテとティルが先に口を開いてしまった。

「え、本当ですか？」

「ヴァン様は神童ですからね！」

素直に驚くアルテと自慢げにそんなことを言うティル。どんどん逃げ場が無くなっていく空気を感じる。その空気を感じているのか、それとも皆と同じように僕の実力を勘違いしているのか。じっと返事を待つカムシンの目も徐々に輝いていくようだった。

「……い、いやいやいや、本当に……」

早く誤解を解かねばならない。そう思って否定しようとしたのだが、アルテが目を輝かせて僕の顔を見て口を開いた。

「ヴァン様の戦う姿を見てみたいです！」

「はは、任せてよ！」

純粋な少女の応援に、僕はノーと言うことが出来なかった。あまつさえ、片手の親指を立てて爽やかな笑顔を振りまいてしまった。

男とはそんなものである。

アルテにバレないように小さく溜《た》め息《いき》を吐《つ》きつつ立ち上がり、肩で息をするロウのそばへ向かう。

「木剣貸してー」

半ば自暴自棄になりつつそう言うと、ロウは苦笑しながらこちらに剣を差し出す。言葉には出さないが、二人の実力を知っているロウからすると僕の心中などお見通しだろう。

仕方ない。可愛《かわい》い女の子二人に見られている状況で情けない姿は見せられないので、上手に立ち回って善戦するとしようか。

頭の中で戦略を練りながら、片手で剣を持ってカムシンに先を向ける。

「さぁ、かかっておいで」

そう言って微笑《ほほえ》むと、カムシンは軽く顎を引いた。

「……参ります！」

次の瞬間、縮んで力を溜め込んでいたバネが弾《はじ》かれるように、カムシンが剣を構えながら飛び出してくる。自分よりも背が高い相手と戦い続けてきたカムシンは、少し低めの姿勢で切り掛かる癖がついていた。

今回も、腰に差した刀を抜刀するような恰好《かっこう》で、木剣を斜め下から切り上げるようにして突っ込んでくるカムシン。しかし、誰よりも体の小さい僕は、カムシン以上に工夫をしてこれまで戦ってきていたのだ。その経験値は並ではない。

今この瞬間であれば、勢いに乗ったカムシンの虚を突くことが重要となる。

「よっと」

本当は物凄《ものすご》く緊張しつつ、あたかも楽に対応したかのような表情と動きで、僕はカムシンの切り上げを受け流した。半歩後ろに下がりつつ、ヒットポイントがずれたカムシンの剣の腹を打って軌道を変えたのだ。力のベクトルは一方向なのだから、それ以外の方向から力が加わると簡単に軌道を変えることが出来る。

「く……っ！」

カムシンの体勢が僅かに崩れるが、全力で剣を振るったわけではない。すぐに姿勢は修正され、次の一手が繰り出される。しかし、僕はカムシンの主人である。誰よりもカムシンの剣を見てきた自負がある。

つまり、カムシンの剣の癖も承知していた。

カムシンは何よりも速さに重きを置いている。その為《ため》、それぞれの体勢や斬った後の姿勢で、自《おの》ずと次の剣の振り方が決まってしまう。左から右上に剣を振り抜いたなら、返す手で真上からか、右下からの逆切り上げ。つまり、どうあっても偏った方向から剣が戻ってくるはずだ。

対して僕の戦い方は、どう動いたら相手が驚くか、である。

その信条に沿うべく、地面を蹴った。

その足で、カムシンの手首辺りを踏みつけるように蹴る。剣での攻防を想定していたカムシンは息を呑《の》んで一瞬動きを止めた。

「……っ!?」

驚くカムシンを横目に、剣を地面と平行に振る。その剣を、カムシンは地面に倒れ込むようにして回避してみせた。信じられない反射神経だが、何よりも驚くべきはそのまま転がったと思ったら、こちらが姿勢を戻すのと同じタイミングで立ち上がったことだ。

野生の動物のような身体能力である。

だが、まだ平静には戻れていないはずだ。

「ふっ！」

今が勝機である。息を短く鋭く吐き、瞬発力のある上段からの斬り下ろしを行う。それをカムシンは横に跳んで回避した。その回避先を襲撃するように、二歩踏み込む。

「くっ！」

苦し紛れにカムシンが剣を肩から腰に掛けて袈裟斬《けさぎ》りの要領で振るった。普段戦っている相手が体格で自分よりも大きかった為、カムシンは真正面から受けに回ることを嫌っている。だからこその素早い反撃だ。

とはいえ、それも予想通りである。ここで追撃をしたり相手の剣を受け止めてしまえば、そこから正攻法の斬り合いへと発展してしまうだろう。

それは、どう考えても勝機が無い。

そう思って、僕はあえて一歩後方に退いた。絶好のチャンスでの後退に、カムシンの苦し紛れの剣が空を切る。

無防備だ。これ以上の機会はもうないだろう。

「えい！」

乾坤一擲《けんこんいってき》。気合を入れて剣を突き出した。剣道でいうところの突きだが、少し工夫している。肘を伸ばさず、すぐに手元に戻せるように距離の短い突きをしているのだ。これにより、隙を最小限にして素早く次の手に繋《つな》げることが出来るようになる。まぁ、攻めの意識を欠いた守りの一手と言ってしまえばそれまでだが、何よりも恥ずかしい負け方をしない為である。

その工夫が生きたのか、カムシンは突きを剣の腹で受け流して反撃しようとしていたのだが、当てが外れたように手を止めた。攻めあぐねたカムシンは、一足飛びに二、三歩と後ろに下がる。

先ほどよりも明らかに警戒した様子で剣を構えなおすカムシンを見て、これは無理だと自覚する。真っすぐに攻めてきてくれるから勝機があるというのに、警戒して守りを意識されてしまっては攻撃も通らない。むしろ、下手な攻撃は逆に反撃をする機会を与えることになるだろう。

「……参った！　僕の負けだね」

素直に負けを認めてそう宣言すると、カムシンが目を瞬かせて動きを止める。観衆と化していた騎士団の団員達も何が起きたのかとざわついていた。

「……負け、ですか？　むしろ、ヴァン様の方が優勢だったはずですよ」

ロウが驚いてそう呟《つぶや》くと、カムシンも不思議そうに頷《うなず》く。それに剣を持っていない方の手を軽く左右に振って否定の意を示す。

「いやいや、あの奇襲が通じなかったら僕に勝ち目はないよ。いやぁ、悔しいね。次は勝てるように練習しておこう。さぁ、そろそろ領主の館に戻らないと、エスパーダに怒られちゃうよ。それじゃあ、またね」

苦笑しながらそう告げると騎士団の団員達が困惑しながらも労《ねぎら》いの声を掛けてくれた。その声を背に、アルテとティルの下へ戻る。

「いやぁ、カムシンも強くなってたね。とてもじゃないけど勝てそうにないよ」

自嘲気味に笑いながらそう口にすると、アルテとティルも首を左右に振って否定してくれた。

「いえ！　凄かったです！」

「そのまま勝っちゃうかと思いました！」

何とか、無様な姿は見せずに済んだらしい。ホッと一安心しながら、僕は逃げるように領主の館へと向かったのだった。

ちなみに、実はヴァン様は既にディー騎士団長に匹敵する実力に違いない、なんて恐ろしい噂《うわさ》が流れたりした。冗談交じりの噂だが、カムシンは本気でそんな会話をしている。これをもしディー本人が聞いてしまったら、すぐに試合を組まれてしまうに違いない。

「僕なんて全然強くないんだからね!?」

結果、僕は自らがカムシンよりも弱いことを言って回るという謎の行動をする羽目になったのだった。何かがおかしい。

番外編 ✿ アルテの魔術を研究しよう

アルテは優しく、大人しい性格である。見ている限り、僕やティルとお茶会をしている時が一番幸せそうな表情をしているように思う。

そんな性格だから、なんとなく戦いに参加させるようなことはあまりしたくなかった。出来ることなら、セアト村の中で平和に楽しく暮らして欲しいと思っている。あ、もちろん、僕も同じくセアト村の中で平和に暮らす所存である。

しかし、アルテの傀儡《くぐつ》の魔術は物凄《ものすご》く戦いに向いている。本人の性格を考えると皮肉なことだが、アルテが加わるだけで連射式機械弓部隊の戦闘は盤石なものとなるだろう。

アルテの傀儡の魔術は様々なものを自分の意思で動かすことが出来る、というものである。現状はヴァン君特製のウッドブロック製の身体《からだ》にミスリル製の武具を装備させた長身の操り人形、一対の銀騎士《アヴェンタドール》を使って戦闘に参加しているが、これが異様に強いのだ。

そもそも、軽量なウッドブロック製の人形だからなのか、人間では不可能なほどの運動能力である。更に、身につけたミスリル製の武具も特別製だ。動きを妨げるような造りはしていないが、十分頑強な造りとなっている。そして、武器である二メートルを超える大剣だ。細めのロングソードだが、最上級の切れ味を誇っている。

そんな人間離れした人形が二体、傷を受けても気にせず突っ込んでくるのだ。対面する相手はたまったものではない。更に、体を張って囮《おとり》になれる人形がいれば、連射式機械弓部隊の援護が最大限の効果を発揮するようになる。

決して無視できない銀騎士が二体突撃してきて、その対処に追われている状態で無数の矢が降り注ぐ。それも、鉄の盾や鎧《よろい》では防げない最強の矢だ。もし敵が僕なら、絶対に真正面から戦うようなことはしない。自殺行為だ。

それほどアルテの魔術は強いということである。そんな事情もあって、アルテの魔術を放置することは出来ない。何かあった時にアルテが自分の身を守ることも出来るし、出来るだけ魔術を自由自在に使えるようになっておくべきだと思っている。

では、どのように訓練するのが一番良いだろうか？

通常の魔術では、初級から中級、上級と順番に練習するべきカリキュラムが存在する。自分自身が習っていないので推測でしかないが、恐らく魔力の操作やイメージ力の向上、魔術的な持続力や出力の向上などが関係していると考えている。

しかし、そのカリキュラムだが、僕の生産系の魔術やアルテの傀儡の魔術については一切知られていない。カムシンの盗みの魔術もそうだが、これらの魔術は貴族社会にあって忌避される魔術だった為《ため》、公にそれを鍛えるような行為は研究されなかったのだろう。生産系の魔術は単純に無意味な魔術として、傀儡の魔術は過去に暗殺などに使用され、盗みの魔術は犯罪者の魔術として知られているからだ。

そんな事情で研究が進んでいないのは悲しい限りだが、なんだかんだどのようにすれば良いか見当はつく。規模や効果、対象となるものを比較、分析すれば良いのである。

これが本職の研究者なら分析も計画を立ててじっくりやるところだろうが、その辺りはテキトーがポリシーの僕である。勿論《もちろん》、ざっくり分析する。

「傀儡の魔術は有機物、無機物問わず操ることが出来る。つまり、対象を比較するなら一番変化が分かりやすい無機物からだけど……ミスリルより鉄、鉄より木の方が操りやすかったんだよね？」

そんなこんなで実際に魔術を使っているアルテに質問してみる。すると、アルテが膝の上に両手を置いて真剣な顔で頷《うなず》いた。

「そ、そうですね……やっぱり、木を材料にしたものの方が動かしやすいと思います。あと、大きさは小さい方が操りやすいですね」

「ふむふむ」

アルテの言葉を聞きながら、さらさらと紙に書き記していく。

「同時に操るとしたら何体くらい操れる？」

「木の人形だと、三体……いえ、四体くらいいけるかもしれません。鉄だと二体が限界だと思います。あと、操作する時間も短くなってしまいますね」

「ふむふむ」

返事をしながら簡単に表を作成する。素材と同時操作する数の項目に対して、時間を記入できるように空欄を設けた。

「よし、それじゃあ実際にやってみよう」

「は、はい！」

真面目なアルテは僕の言葉に力強く返事をして立ち上がる。やる気満々といった態度に思わず笑いながら、後に続くように腰を上げた。そのまま外に出て、領主の館前の小さな広場で準備をする。

「何をなさってるんで？」

「ヴァン様、何してるのー？」

「あ、ヴァン様だ」

練習用に人形を作っていると、セアト村の住民に声を掛けられた。気が付けば、わいわいと人が集まってきている。

「魔術の練習だよー」

答えながら、木、鉄、ミスリルの人形を作成する。

「うぉ!? み、ミスリルをあんなに……！」

見物していた冒険者の一人がミスリルの人形を見て驚愕《きょうがく》の声を上げた。それに同調するように他の冒険者や商人らしき人々が驚いて口を開く。

「ミスリルの装備が一式作れそうだな」

「いくらするんだろう」

「……単純に素材の価格だけでも大金ですが、美術品としての価値を持たせたら大変なことになりそうですね」

そんな声を小耳にはさみ、何となくデザイン性を追求してみる。リアルにすると怖くなってしまいそうだったので、デッサン人形のようなデザインで、表面に模様をつけておいた。何かの儀式用の人形みたいになっているが、それはそれでミスリルの光沢もあって神々しい雰囲気になった気がする。

と、そんなことを考えていると、隣に立つアルテが指先を震わせて俯《うつむ》いていた。

観客が増えている為、その人数に比例してアルテの緊張感も増しているようである。

「よし、それじゃあ早速やってみよう。まずは木の人形からかな」

そう言ってアルテに魔術を使うように言うと、アルテは周りをちらちらと見ながらも魔術を行使する。

「そ、それでは……」

アルテが小さく呟《つぶや》くと、すぐに木の人形が独りでに立ち上がった。まるで座り込んでいた人間が立ち上がるような自然な動作だ。それには観客も驚きの声を上げた。

「おー！」

「生きてるみたいだな」

ざわざわと声が聞こえてくる。観客の声が聞こえているのか、いないのか。アルテは集中した様子で両手を前に出す。すると、人形は前方宙返り、後方宙返りとアクロバティックに動き、地面を蹴って空に跳び上がった。そして、建物の壁を蹴って空中で捻《ひね》りを入れた回転を見せる。まるで体操選手のような動きだ。しかも、ジャンプ力が人間の比ではない。

この世界ではディーを代表とする、人間とは思えない膂力《りょりょく》や走力を見せる騎士や冒険者がいる。恐らく、魔力という地球には無い力が関係しているのだろうと思われるが、それと比べてもアルテの人形の動きは異常だ。

木の人形なので軽いという点も影響しているだろうが、それにしても尋常ではない。

「すごいな……！」

「あれで手に剣でも持たれたら、防ぎきる自信はないぞ」

常に戦いの場に身を置く冒険者達《たち》でも驚く動きだったようだ。

一、二分程度雑技団が芸を披露するように木の人形は踊り続けた。まだまだアルテは余裕そうだ。それを確認して、声を掛ける。

「よし！　それじゃあ次は鉄の人形を同じように動かしてみてくれる？」

そう告げると、アルテは目を瞬かせて振り向く。

「あ、わ、分かりました」

思ったよりも時間が短かったからだろう。まぁ、魔力の総量を数値化するのは後でやっておきたいが、先にまず出力のテストである。

素直なアルテはすぐに木の人形を帰らせて隣に座らせると、すぐに鉄の人形を操ろうと魔術を行使する。木の人形とは違い、鉄の人形は右足を前に出して立ち上がるだけで重厚感のある音が響いた。重量があるからか、それとも金属の光沢故か、迫力が段違いだ。もちろん、迫力だけでなく実際の頑強さ、重量に比例する攻撃力といった点でも段違いのはずである。

それは観客達も感じ取っているらしく、それまでの拍手と歓声が鳴りを潜めていた。皆、鉄の人形の一挙手一投足を緊張した面持ちで見ている。一方、ヴァン君はロボットとかアンドロイド系の映画みたいだなぁ、などと思いながら眺めていた。

「それでは、いきます」

アルテは深呼吸をしてからそう呟き、鉄の人形を躍動させる。重い鉄の塊が地面を蹴る轟音《ごうおん》が鳴り響き、鉄の人形は空中へと跳び上がる。鉄の全身鎧を着たような状態か、それ以上の重量での動作だというのに、素早く地を駆け宙を舞っている。

「あ……」

だが、その重量が災いしてか、鉄の人形が十数秒跳んだり跳ねたりしているだけで石畳の地面が砕けて街路樹がへし折れた。

「す、すみません！」

慌てて四方に頭を下げるアルテ。まぁ、人がいない場所で人形を動かしていたので怪我人《けがにん》は出ていないから問題はない。

「……すごいな」

「あの勢いで体当たりされるだけで死ぬかもしれませんね」

「おお、アルテ様！　気にされないでくだされ！」

人形の操作が一時中断されたのを見て、住民や冒険者達が各々喋《しゃべ》り出す。

その感想を聞きつつ、アルテに顔を向ける。

「すぐ直せるから気にしないでね。それで、動き自体はどう？　魔力の消費は増えた？」

尋ねると、アルテは恐縮した様子ながら頷く。

「そ、そうですね……動きはやっぱり少し重いです。いえ、重いというか、こう動いて欲しいと思ってから動作に入るまで少し時間が掛かっている気がします。あと、高いところから降りると次の動作がちょっとだけ遅くなる気がします。魔力は、ちょっとまだ分かりません。多分、動かせる時間は短くなると思いますが……」

「ふむふむ」

その言葉を聞きながら、自分で見ていた感じも合わせてメモしていく。鉄の人形は動きがやはり少し遅くなり、反応速度も鈍るようだ。しかし、意外と魔力の消費量は木の人形に比べても微増という程度なのだろうか。

「よし、それじゃあ次はミスリルの人形！」

「は、はい！」

指示を出すと、アルテはすぐに鉄の人形を帰らせて、ミスリルの人形へと交換する。こちらは最初の立ち上がりまでで少し時間がかかった。動きはやはりぐっと遅くなるだろうか。

そう思っていたのだが、予想は覆された。

「いきます！」

アルテが気合を入れてミスリルの人形を操作すると、まるで木の人形と同等程度の動きで軽やかに空中へと跳び上がった。手足の動きだけでなく、飛翔《ひしょう》して着地した後の動きも中々の敏捷性《びんしょうせい》だ。

「おお！」

「ミスリルの身体であの速度か……！」

「竜を相手にしても勝てるのではないか？」

と、観客からの評判も上々だ。それから軽く二分ほど動かさせてみて、アルテに声を掛ける。

「よし、終了！」

「はい！」

僕の言葉にホッとしたような声で返事をして、すぐにミスリルの人形を戻した。

「大変だった？」

「は、はい」

様子を見ながら端的に尋ねると、アルテは頷きながら返事をする。

「その、長時間は厳しいと思います。ただ、前ほどきつくはないですね。二体同時も何とかできそうな気がします」

そう言われて、成程と頷く。

「それなら、次は二体同時かな？　それで疲れ方がどうなるか調べてみよう。いけるかな？」

「分かりました。どの人形にしますか？」

「魔力の消費を調べたいから、分かりやすくミスリルと鉄でいこう」

答えると、アルテは頷いて魔術を行使する。鉄の人形が立ち上がり、次にミスリルの人形が立ち上がった。二体は同時に地を蹴って走り出すが、やはり鉄の人形の方が遅い。ミスリルの人形が折れた街路樹のそばまで行ってから跳び上がり、体を捻りながら空を舞う。その間にようやく鉄の人形が同じ街路樹まで辿《たど》り着き、地面を蹴ったのが見えた。もはや、観客は声も無くその驚くべきショーを眺めている。

動きは木の人形が最も速く、次がミスリルの人形、最後に鉄の人形だ。しかし、魔力消費量はミスリスの人形が圧倒的に上だろう。乗り物と同じように考えたら良いのかもしれない。木は原動機付自転車か二輪自動車で、鉄はトラックなどの大型自動車。そして、ミスリルはハイパワーのスポーツカーだ。そう考えれば車体の重量と燃費という関係で分かりやすい。

「も、もう良いですか？」

と、気が付けば人形二体を動かしているアルテが額に汗を掻《か》きながらこちらを見ていた。色々考えている内にかなり時間が経《た》っていたようだ。

「ごめんごめん！　もう良いよ！」

そう告げると、アルテはすぐに人形二体をこちらに戻して座らせた。そして、アルテ本人もホッとした様子で腰を下ろす。

「いえ、大丈夫です。でも、二体同時はやっぱり疲れますね」

そう言って苦笑するアルテに、頷きつつ質問する。

「疲れる感じはどう？　ミスリルの人形一体動かしていた時とどう違う？」

尋ねると、アルテは俯きがちに考え込んだ。

「……そうですね。多分、倍以上疲れると思います。鉄の人形なら一時間から二時間、ミスリルの人形なら三十分が限界と思いますが、二体同時だと十分くらいでしょうか……以前、木の人形を二体動かした時も疲れましたが、それでも一時間は動かせると思います」

アルテの言葉に頷き、メモしていく。

「そうか～……ってことは、扱う数が増えると魔力の消費量は総数の二乗か三乗になるのか、それとも個数を掛けていくのか。いや、素材と体積で定数がある可能性も……」

ぶつぶつ呟きながら分析を進めていくと、不意にアルテが小さく声を出して笑った。

「ん？」

振り返ると、アルテは口元に手を当てて「あ」と声を漏らす。

「どうかした？」

聞き返すと、アルテは困ったように笑いながら、僕を見る。

「い、いえ……その、ヴァン様が楽しそうだなと思いまして……」

慈しむような目でそう言われて、思わずこちらの方が照れてしまった。まだまだ子供のアルテから可愛《かわい》いと言われたような気分である。

「あ、ごめんね。夢中になっちゃってたかも」

そう言って苦笑し、なんとか落ち着いた態度を取り繕う。

「ふふふ。ヴァン様が楽しそうだと私も嬉《うれ》しいですから」

アルテはそんな可愛らしいことを言ってクスクスと笑った。それにさらに照れていると、周りにいた観客達が別の盛り上がり方を始める。

「……良い！　良いですな！」

「いや、素晴らしいお二人だ！」

「誰か酒持ってこい！　やってられるか！」

「おい、荒れてる奴《やつ》がいるぞ」

「放っておけ。彼女がいないだけだ」

「うるせぇ！」

急に周囲が騒がしくなり、何故《なぜ》か僕達の周りに椅子や机、飲み物やお菓子まで並んだ。

「ささ、ヴァン様。どうぞごゆっくり！」

「じっくりお二人でお休みください！」

野次馬達がそんなことを言って僕とアルテを椅子に座らせる。その状況を見て、僕とアルテは顔を見合わせて笑ったのだった。

番外編 ✿ 頑張って人材確保をするベルランゴ商会

慢性的な人手不足。それはセアト村で重要なポジションにいる者であれば誰もが感じていることである。貴族や騎士団ではなくても、多数の依頼を受ける冒険者や客が増え続ける商会の人間も同じように感じていた。

つまり、ヴァン男爵領を主戦場とするベルランゴ商会も同様である。

「……人が足りない」

そう呟《つぶや》くランゴに、ベルが溜《た》め息《いき》を吐《つ》きながら首を左右に振った。

「そんなことは皆分かっている。問題は、どうやって人手を確保するかだ」

以前から、王都やフェルティオ侯爵領、フェルディナット伯爵領に行って奴隷を買うという話は出ていた。しかし、イェリネッタ王国との戦争間近になったあたりから冒険者を雇うのが難しくなっていたのだ。熟練の冒険者五名から十名を同行させないと、近くの領に行くのも不安になる。

「ヴァン様にお願いして騎士団から五人ほど借りられないかな？」

「無理だろう。聞いての通り、騎士団も人手不足だぞ？」

二人はそんな会話をして溜め息を吐く。人手を増やしに行きたいのに、その為《ため》の人手を割くことが出来ない。そんな現状に頭を抱えているのだ。毎月何百人と移民が来て新たな住人となっているのだが、それでも人手不足は解消されないだろう。

「……どうにかしないと、過労で死んでしまう。仕方ない。恥を忍んでメアリ商会に頼むか」

ベルがそう呟くと、ランゴは物凄《ものすご》く嫌な顔をして肩を落とした。


「良いでしょう。今でもキャラバンは毎週往復しています。喜んで人員を貸し出させていただきます」

ロザリーが微笑《ほほえ》みを浮かべてベルとランゴにそう告げる。それに苦笑いを返しつつ、二人は頭を下げた。

「いや、とても助かります」

「感謝します、ロザリーさん」

謙《へりくだ》った態度で二人が謝辞を述べると、ロザリーは片方の眉を上げて首を斜めに傾ける。

「いえいえ……むしろ、想定していた以上に連絡が遅かったので、どうしたのかと心配していました」

穏やかに笑いながらロザリーがそう口にすると、ベルとランゴは顔を引き攣《つ》らせたまま固まった。元は二人ともメアリ商会に所属する行商人である。つまり、ロザリーは二人にとって元上司のような存在だった。

故に、ロザリーが説教モードに入ったことを察して動けなくなってしまったのだ。ロザリーは蛇に睨《にら》まれた蛙《かえる》状態の二人を目を細めて見つめ、静かに口を開く。

「……本来なら、余力がある内に人員補充をすべきでしょ？　ヴァン様が何でも用意してくれるからって、あんなに店を一気に出したら人手なんていくらあっても足りないわよね？　あんた達《たち》、仮にも商会長だって分かってる？　従業員が可哀想《かわいそう》だと思わないの？」

ロザリーが笑顔のまま矢継ぎ早に質問すると、ベルとランゴの身体《からだ》がどんどん萎縮して小さくなってしまった。

「お、仰《おつしや》る通りで……」

「すみませんでした……」

謝る二人を見て、ロザリーは深く溜め息を吐く。

「私の予想では一ヶ月前には動くと思っていたんだけどね。店の数や客数に対して人員が足りていないと外からでも分かったわ。知っていると思うけど、これから新しく従業員を雇えても三年以上経験していないと教育の為にさらに人手が取られるのよ？　どうするつもり？」

ついに笑顔も無くなったロザリーに追及されて、ベルとランゴは額から汗を流しながら俯《うつむ》いた。

「い、いえ……ひゃ、百人か二百人くらい住民が増えれば、何人か商人の経験を持つ者がいると思って……」

「そ、そうそう！　そうすれば、その人に未経験者の教育を……」

「馬鹿なの？」

二人の言い訳を聞いて一言、ロザリーは冷たく言い放った。それにベルとランゴは息を吞《の》む。

「いくら商人の経験があっても、商売をする場所や所属する商会で風土や文化が違うわ。まずは、それに慣れてもらうこと。そうなれば、中堅以上の商会の商人に教育係をさせて、後から雇った商人はその穴埋めの方が良いでしょ？」

「は、はい……」

「そうですね……」

ロザリーが先輩として厳しく指摘すると、意気消沈して二人は黙り込んだ。その様子に、ロザリーは肩を竦《すく》める。

「仕方ないわね。こっちは間違いなく人手が足りなくなると予想して、二ヶ月前から準備しておいたから、人手は十分貸せるわよ。ついでに、新人の教育が始まるでしょうから、戻って来てからも三ヶ月を期限に人を貸してあげる。ただし、一人につき一ヶ月で金貨五枚ね？」

「金貨五枚!?」

「高すぎる……」

ロザリーの言葉に驚愕《きょうがく》するベルとランゴ。それに渋面を作るロザリー。

「断るなら別に止めはしないわよ？」

「す、すいませんでした！」

「金貨五枚でお願いします！」

ロザリーの一言に、二人は即座に謝罪して条件を呑んだ。それにほくそ笑むと、ロザリーは片手を振って答える。

「別に良いのよ。昔から知ってる仲だからね。貸しにしといてあげるわ」

そう言われて、ベルとランゴは思わずといった様子で顔を見合わせる。

「……一人に金貨五枚も払うのに？」

「兄貴、借りじゃないよな？　貸しって言ったよな？」

二人がブツブツと何か呟く中、ロザリーの目が再び鋭く細められる。

「……なに？　文句でもあるの？」

「すみませんでした！」

「申し訳ない！」

ベルとランゴはロザリーの一言に素早く謝罪の意を示したのだった。もはや条件反射なのかもしれない。

なにはともあれ、これでベルランゴ商会は各地に人員を確保する為に動くことが出来た。しかし、今後の人手不足を考えて奴隷を含む千人以上の人員を確保したベルとランゴに、ロザリーは呆《あき》れながら「だから、誰が教育するのよ？　馬鹿じゃないの？」と告げたのだった。

番外編 ✿ ムルシア騎士団

　精強で知られるフェルティオ侯爵家騎士団。その人数や装備もさることながら、何より豊富な実戦経験に基づく練度は目を見張るほどである。フェルティオ侯爵自身も卓越した指揮官であり、戦術だけでなく戦略的な勘も持ち合わせている為《ため》、その指揮の下《もと》運用されたフェルティオ家騎士団はスクーデリア王国内でも屈指の戦力を有していた。

　ムルシアが直接指揮する騎士団もその一部である為、練度は比較的高い。しかし、全体指揮をするのは常にフェルティオ侯爵家当主であるジャルパだった為、ムルシアが直接率いる手勢は僅かに五百程度である。

　また、古参の指揮官や熟練した兵士達《たち》は本隊を構成する重要な立ち位置の為、ムルシアが指揮する五百人は平均年齢が若い。一部は引退間近の老兵も加えられていたが、それでも平均年齢は三十歳を下回るだろう。

　そういった状況もあり、ヴァンから借り受けた騎士団の団員や候補者ともいうべき男女を受け入れてから、ムルシアの騎士団は大いに混乱することとなった。

　まず、指揮系統が複雑である。ムルシアに最初から率いられていた騎士達がそのまま上官となり、後から入った者達が全て部下となったなら、さほど混乱はしなかっただろう。

しかし、ムルシアをトップに置くとして、次点のムルシア騎士団騎士団長はディーが代理として任されることとなり、さらにその副官の席にアーブが座った。そのうえ、ムルシアとディーの部下が混ざり合うような形で構成された騎士団に、素人同然の百人ほどの騎士見習いが加わるという構図となる。そんな状態でもし戦えば、必ず空中分解して散り散りになり、即座に各個撃破されてしまうのが落ちだろう。

それをどうにかしようと、ディーは頭を捻《ひね》った。

結果、まずは副官に差を付けて騎士団長補佐という肩書をムルシアの部下に付けた。これにより、ディーがいない時はその副官が騎士団長代理として最高司令官にならなければならなくなった。また、出来るだけ優秀な指揮官を残せるように、元々のムルシアの手勢だった者を多く上級指揮官として任命し、その補佐に自らの部下を配置させた。最後に、未経験の新入りの世話は全てムルシアの部下に直接指導させるように命令する。

そのどれもが、自分達がセアト村に戻らなくてはならない時に備えてだった。ムルシア騎士団が自立して戦えるように、人員の増員があった時も滞りなく教育が出来るようにと、様々な配慮をした結果の組織作りだ。

その状態で訓練を何日か重ねていくと、徐々に動きに一体感がついていき、訓練も形になってきた。

この日も、激しい訓練を半日続けている。小休止を取った際にディーが腕を組んで皆を見回して口を開いた。

「うむ！　皆、中々優秀である！」

ディーはご満悦な様子でそう告げるが、地面にへたり込んだ多くの兵達はそれどころではない。酷《ひど》い者は息も絶え絶えといった様子で地面に寝転んでしまっており、元々のディーの部下達だけが座り込まずに済んでいるという状態である。

だが、ディーからするとそれは上出来であった。なにせ、新入りも含めた全員が鎧《よろい》着用での半日の訓練をやり遂げたのだ。何人かが脱落してもおかしくないと思っていたのである。

どうして新入りが過酷な訓練を乗り越えることが出来たのか。ディーはそれをムルシアの部下達の手柄だと考えている。教育係に任命された若い騎士達が、献身的に新入りの様子を注視して訓練を行ったからである。

また、訓練の最中で部隊を六つに分けてそれぞれで共同作業をさせた際、ディーの部下による補佐の力はあったものの、しっかりとムルシアの部下達が指揮して作業を完遂させていた。体力の限界に挑むような共同作業をクリアするにはリーダーの存在が重要となる。それを成し遂げたムルシアの部下達を、ディーは高く評価した。

「よし！　この調子で残り半分やり抜くぞ！」

上機嫌にディーがそう告げると、皆はギョッとして振り返る。その様子に大きな声で笑いながら、一人だけ重装備のディーが先行して走り出した。

「さぁ、まずは持久走である！　遅れた者は鎧を重くするぞ！　根性を見せるが良い！」

そう言って高笑いしながら走り出したディーは、そのまま疲れなど一切見せない動きで城塞都市内を駆けまわる。ヴァンが作りあげた城塞都市ムルシアは防衛力向上の為に複雑な構造となっている。その中を端から端まで走るだけで、それなり以上の運動量となった。

ディーは全員を置いて先を走っていき、中間ほどにある小城に登った。最上階まで駆け上がると、テラス部分へと移動する。和城に西洋風の全身鎧を着たディーが立つと違和感があるが、本人は全く気にせず外の景色を見ている。

「む、アーブは流石《さすが》に走れるようだな」

上から騎士団全体の動きを見ていると、アーブが後に続いて走ってきていた。この訓練中、副官は部隊を率いていない為、単純に個人鍛錬をしているような状態だ。アーブからかなり離れた地点をもう一人の副官が走っており、スタート地点には部隊をまとめて隊列を整える六部隊の姿があった。

それをじっと見つめて、ディーは顎を指で摘《つ》まんで揉《も》みながら唸《うな》る。

「ふむ……あの部隊は中々統率がとれているな。対して、まだ隊列が組みあがっていない部隊もおるか。仕方あるまい。まだしばらくは副官に頑張ってもらうとするか」

そう呟《つぶや》き、ディーは頭の中でムルシア騎士団の完成形を想像する。

「今のところは奴《やつ》を騎士団長として、第一部隊と第三部隊の隊長が副官となり、残りの四人が百人隊長か。部隊の統率力も今後成長するだろうし、もう少し過酷な訓練をしても良いが……単純に防衛力を強化するならばバリスタの操作を練習させねばならんな」

やりたいことが多すぎるのか、ディーは腕を組んで悩む。

現在、ムルシア騎士団は少人数で十二部隊編成としている。本来は四部隊ずつのローテーションで過酷な一日訓練、バリスタ訓練、周囲警戒という三日間を繰り返している状況だ。そして、今回は一旦合同訓練をしようということで、六部隊を選んで一日訓練に参加させている。もう片方の六部隊は今は周囲警戒を行っているが、明日は同じように訓練を行う予定だ。

「……後千人は団員が欲しいところだが、今のままでは指揮官不足であるな。一ヶ月でどれだけ仕上げられるか」

そう口にしてから、ディーは不敵に笑った。

「面白い！　どれだけ精強な騎士団にできるか、挑戦といこう！」

その笑い声を、必死に走っていたアーブが耳にして顔を上げる。獰猛《どうもう》な笑みを浮かべて城の最上階で笑っているディーを見上げて、アーブは絶望とともに口を開いた。

「……なんとか理由をつけてセアト村に帰らせてもらえないだろうか」

これまでで最上級の訓練が実行されるに違いないと感じ取ったアーブは、青い顔でそう呟いたのだった。

HA
HA

あとがき

この度は本作を手に取っていただき、誠にありがとうございます。赤池宗です。とうとう五巻！　まさかの『お気楽領主』五巻がこの世に生を受ける日が来るとは……それも全てこの本を読んでくださる読者様のお陰です。

それにしても、つい最近『お気楽領主』を書き始めたと思っていましたが、時間の流れは速いものですね。ちなみに、ここ数年は新型コロナウイルスの影響で旅行などをすることが難しい状況が続いておりました。ところが、ちょうど『お気楽領主』を書き始めて二周年アニバーサリーを迎えた頃、世間では数年前に戻ったかのようにお気楽に外出をすることが出来るようになったのです。

私はすぐに隣の県に遊びに行きました。ウキウキで旅行を企画して美味《おい》しいものをインターネットで検索したのです。

とても楽しかったです。

元来、旅行が好きだったので、海外に遊びに行きたいと思っていました。社会人になってすぐにイタリアに行ってローマでピザを食べていたくらいです。旅行の為《ため》なら食事を多少我慢してでも費用を捻出しておりました。旅行先で色々と面白そうな食べ物を食していたにもかかわらず、体重が減ったのを覚えております。

今は喜ばしいことに仕事や家庭だけでなく、執筆活動も忙しくさせていただいているので、ぱっと海外旅行なんてことは出来そうにありません。

なので、東京とディズニーランドに行くことにしました。思い付きでディズニーランドに行こうかと思ったら、ディズニーランドは四十周年アニバーサリーでした。とてもではありませんが、自分が四十周年アニバーサリーを迎えることは無いでしょう。恐るべし、ディズニーランド。

あまりにも大きな存在を前に悔しさを感じる部分もありますが、久しぶりの遠出です。ディズニーランドを遊び倒してやろうと思っています。さぁ、強敵達《たち》よ、かかってこい。ランドのチュロスは私が食べ尽くしてやろう。

と、久しぶりの旅行を前に気持ちが高まってしまいました。

それでは、最後にお世話になっている皆様にお礼をさせていただきたいと思います。いつも相談に乗ってくださり、文章をまとめてくださっている担当のH様。作者の趣味全開で書かれた本作を出版してくださるオーバーラップ様。校正でお世話になっている鷗来堂《おうらいどう》様。素晴らしいイラストで作品に彩りを与えてくださる転様。さらに、コミカライズでお気楽領主の世界に新たな命を吹き込んでくださっている青色まろ様。そして、最後にこの作品を手に取ってくださった皆様。本当に、本当にありがとうございます。皆様へ、心からの感謝を送らせていただきます。

作品のご感想、
ファンレターを
お待ちしています

あて先

〒141-0031　東京都品川区西五反田 8-1-5 五反田光和ビル4階
ライトノベル編集部
「赤池 宗」先生係／「転」先生係

スマホ、PCからWEBアンケートにご協力ください

アンケートにご協力いただいた方には、下記スペシャルコンテンツをプレゼントします。
★本書イラストの「無料壁紙」　★毎月10名様に抽選で「図書カード（1000円分）」

公式HPもしくは左記の二次元バーコードまたはURLよりアクセスしてください。
▶ **https://over-lap.co.jp/824005854**
※スマートフォンとPCからのアクセスにのみ対応しております。
※サイトへのアクセスや登録時に発生する通信費等はご負担ください。

オーバーラップノベルス公式HP ▶ **https://over-lap.co.jp/lnv/**

お気楽領主の楽しい領地防衛 5
～生産系魔術で名もなき村を最強の城塞都市に～

発　行　2023年8月25日　初版第一刷発行

著　者　赤池 宗

イラスト　転

発行者　永田勝治

発行所　株式会社オーバーラップ
〒141-0031
東京都品川区西五反田8-1-5

校正・DTP　株式会社鷗来堂

印刷・製本　大日本印刷株式会社

ISBN 978-4-8240-0585-4 C0093

【オーバーラップ　カスタマーサポート】
電　話　03-6219-0850
受付時間　10時～18時（土日祝日をのぞく）

OVERLAP NOVELS
太っちょ貴族は迷宮でワルツを踊る
著：風見鶏
イラスト：緋原ヨウ
Kazamidori
illust.
Yoh Hihara
The fat noble dances a waltz in the labyrinth
コミックガルドでコミカライズ！
貴族の矜持を胸に、魔物と踊れ。
食べてばかりの貴族の三男・ミトロフは家を追放された。生きるため、食事のために迷宮に潜るミトロフは、ワケありなエルフの少女・グラシエと出会い、彼女と共に迷宮攻略へと繰り出していく——。

[著]ニト [画]ゆーにっと
OVERLAP NOVELS
行き着く先は勇者か魔王か
元・廃プレイヤーが征く異世界攻略記
効率を求め、
成長を楽しみ、最強を極めろ
元・廃人ゲーマーによる
異世界攻略奇譚!
元廃人ゲーマーだった間宮悠人は、
謎の言葉とともに異世界へ転移してしまう。
異世界での能力は若返りと
ステータス画面を見られることだけ。
スキルと魔法のある世界で悠人はロキと名乗り、
持てる知識とゲームセンスを武器に
異世界を生き抜いていく――!
コミックガルドで
コミカライズ!

8歳から始める魔法学

上野夕陽 Yuhi Ueno

[illustration] 乃希

コミックガルドで
コミカライズ
決定!!

この世界で僕は、
あまねく**魔法**を
極めてみせる!

その不遜さで周囲から恐れられている少年・ロイは
ある日、ひょんなことから「前世の記憶」を取り戻した。
そして思い出した今際の際の願い。第二の生をその
願いを叶える好機と考えたロイは、魔法を極めること、
そして脱悪役を目指すのだが……?

OVERLAP NOVELS